唐詩三百首

【蘅塘退士序】

世俗兒童就學，即授《千家詩》，取其易於成誦，故流傳不廢。但其詩隨手掇拾，工拙莫辨，且止五七律絕二體，而唐宋人又雜出其間，殊乖體製。因專就唐詩中膾炙人口之作，擇其尤要者，每體得數十首，共三百餘首，錄成一編，為家塾課本。俾童而習之，白首亦莫能廢，較《千家詩》不遠勝耶？諺云：「熟讀唐詩三百首，不會吟詩也會吟。」請以是編驗之。

乾隆癸未年春日　蘅塘退士題

編者序

唐代文學鼎盛，其中又以詩為最，被譽為中國詩歌的黃金時代。從清代康熙年間敕編的《全唐詩》來看，收有兩千兩百餘家，四萬八千多首詩，詩人之多，作品之廣，可謂盛大空前。歷代唐詩選本不知凡幾，有的繁博籠統，有的曲盡精粹。本書採用清代蘅塘退士編選的《唐詩三百首》，入選的都是經過千年淘汰的名作，幾乎都是歷代公認的好詩。詩體包括古體、近體和樂府，詩家以杜甫、李白、王維、李商隱最多，內容則包括出仕、詠古、宮詞、邊塞、酬應、閨怨、送別、豔情等，反映了唐代各階層生活，且能雅俗共賞。朱自清曾在〈唐詩三百首讀法指導〉中大力推崇蘅塘退士的選詩，視為陶冶性情必讀之作。

本書依清代章燮注本篇次，選編七十七位詩家、三百二十首作品。每首詩均加注音、新式標點，注釋簡約明瞭，版面配置清爽；並秉持好看、好讀的原則，選用輕韌的日本文庫紙，一卷在手，方便攜帶展讀，適合讀者溫故知新。

唐詩三百首

【目錄】

卷一◎五言古詩

卷二 ◉ 七古樂府

卷三 ◎ 五言律詩

卷四 ◎ 七言律詩

卷四 七律樂府

卷五 五言絕句

卷五 ◎ 五絕樂府

卷六 ◎ 七言絕句

卷六◎七絕樂府

【卷一】

五言古詩

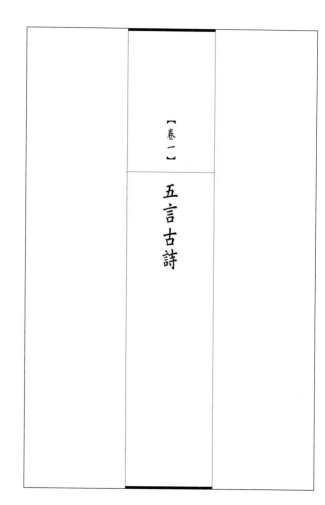

感遇【四首·其一】

張九齡

孤鴻海上來，池潢不敢顧。
側見雙翠鳥，巢在三珠樹。
矯矯珍木巔，得無金丸懼？
美服患人指，高明逼神惡。
今我遊冥冥，弋者何所慕？

池潢—即池塘。

三珠樹—樹形如柏，葉皆為珠。

金丸—打鳥的人。

「美服」句—身著華服者應擔心別人指責。

「高明」句—官位顯要會遭鬼神厭惡。

冥冥—高遠的天空。

弋者—獵鳥的人。

【四首．其二】

蘭葉春葳蕤，桂華秋皎潔；
欣欣此生意，自爾為佳節。
誰知林棲者，聞風坐相悅。
草木有本心，何求美人折？

葳蕤—枝葉茂盛。
桂華—桂花。華同花。
自爾—自然地。
佳節—美好的季節。
林棲者—林中的隱士們。
坐—因而。
本心—天性。
美人—指林棲者。

【四首・其二】

幽林歸獨臥，滯虛洗孤清。
持此謝高鳥，因之傳遠情。
日夕懷空意，人誰感至精？
飛沉理自隔，何所慰吾誠？

滯虛—久處虛靜。

高鳥—指位居高位者。

空意—高遠的意念。

飛沉理自隔—指在朝在野情勢相隔。

【四首．其四】

江南有丹橘，經冬猶綠林。
豈伊地氣暖？自有歲寒心。
可以薦嘉客，奈何阻重深。
運命惟所遇，循環不可尋。
徒言樹桃李，此木豈無陰？

豈—難道。
歲寒心—意即耐寒的特性。
薦—進奉。
嘉客—嘉賓貴客。
阻重深—山高水深道路險阻。
樹—種植。

下終南山過斛斯山人宿置酒

李白

暮從碧山下，山月隨人歸。
卻顧所來徑，蒼蒼橫翠微。
相攜及田家，童稚開荊扉。
綠竹入幽徑，青蘿拂行衣。
歡言得所憩，美酒聊共揮。
長歌吟松風，曲盡河星稀。
我醉君復樂，陶然共忘機。

終南山—即秦嶺，在今西安市南，唐時士子多隱居於此。
斛斯—北方的複姓。
碧山—指終南山。
蒼蒼—此指暮色蒼茫。
翠微—青翠的山坡。
攜—攜手，牽手。
及—到。
田家—此指斛斯山人家。
荊扉—荊棘編成的柴門。
行衣—行人的衣服。
揮—舉杯。
松風—古樂府《風入松》曲。
河星稀—河指天河，河星稀指夜已深。
陶然—歡樂的樣子。
忘機—忘卻世俗的心機。

月下獨酌

李白

花間一壺酒，獨酌無相親。
舉杯邀明月，對影成三人。
月既不解飲，影徒隨我身。
暫伴月將影，行樂須及春。
我歌月徘徊，我舞影零亂。
醒時同交歡，醉後各分散。
永結無情遊，相期邈雲漢。

獨酌—一個人飲酒。
對影成三人—明月和我和我的影子，合起來算三個人。
不解—不懂。
徒—空。
及春—趁著青春年華。
月徘徊—明月隨我移動。
影零亂—因起舞而身影紛亂。
交歡—一起歡樂。
無情—忘卻世情。
雲漢—銀河。

春思

李白

燕草如碧絲，秦桑低綠枝；
當君懷歸日，是妾斷腸時。
春風不相識，何事入羅幃？

燕草—燕地的春草。指征夫所在之地。
秦桑—秦地的桑樹。指思婦所居之處。
懷歸—想家。
斷腸—形容思念到極點。
羅幃—絲製的幃帳。

望嶽

杜甫

岱宗夫如何？齊魯青未了。
造化鍾神秀，陰陽割昏曉。
盪胸生層雲，決眥入歸鳥。
會當凌絕頂，一覽眾山小。

岱宗－泰山。
夫－此為古文句首虛詞，無實義。
齊魯－泰山的南邊為魯，北邊為齊。
青未了－指山色無窮無盡。
鍾－聚集。
陰陽－指山的北面和南面。
昏曉－黃昏和拂曉。這裡指天色的晦暗和晴朗。
決眥－睜大眼睛去看。
會當－一定要。
凌－登上。

贈衛八處士

人生不相見，動如參與商。
今夕復何夕，共此燈燭光。
少壯能幾時？鬢髮各已蒼。
訪舊半為鬼，驚呼熱中腸。
焉知二十載，重上君子堂。
昔別君未婚，兒女忽成行。
怡然敬父執，問我來何方。
問答乃未已，驅兒羅酒漿。
夜雨剪春韭，新炊間黃粱。

杜甫

衛八處士—杜甫友人，名不可考。
處士—指隱居不仕的人。
參與商—參星在西，商星在東，此起彼隱，永不相見。
蒼—灰白色。
訪舊—彼此打聽故舊親友。
熱中腸—心中熱辣辣的頗為難受。
成行—指兒女眾多。
父執—父親的摯友。
乃未已—還未等說完。
羅—張羅、擺出。
間—攙和。

主稱會面難，一舉累十觴。
十觴亦不醉，感子故意長。
明日隔山岳，世事兩茫茫。

觴—酒杯。
累—接連。
故意—老交情。
山岳—指西嶽黃山。

佳人

杜甫

絕代有佳人，幽居在空谷。
自云良家子，零落依草木。
關中昔喪亂，兄弟遭殺戮。
官高何足論？不得收骨肉。
世情惡衰歇，萬事隨轉燭。
夫婿輕薄兒，新人美如玉。
合昏尚知時，鴛鴦不獨宿。
但見新人笑，那聞舊人哭。
在山泉水清，出山泉水濁。

絕代—冠絕當代，舉世無雙。
佳人—貌美的女子。
零落—飄零淪落。
依草木—住在山林中。
「關中」句—指遭逢安史之亂。關中，這裡指長安。
官高—指娘家官階高。
轉燭—風搖燭火，比喻世事變幻莫測。
新人—指丈夫新娶的妻子。
合昏—花名，又名合歡，晨開夜合。
舊人—佳人自稱。

侍婢賣珠回，牽蘿補茅屋。
摘花不插髮，采柏動盈掬。
天寒翠袖薄，日暮倚修竹。

賣珠—因生活窮困而典賣珠寶。
動—往往。
修竹—高高的竹子。比喻佳人高尚的節操。

夢李白【二首・其一】

杜甫

死別已吞聲，生別長惻惻。
江南瘴癘地，逐客無消息。
故人入我夢，明我長相憶。
君今在羅網，何以有羽翼。
恐非平生魂，路遠不可測。
魂來楓林青，魂返關塞黑。
落月滿屋梁，猶疑照顏色。
水深波浪闊，無使蛟龍得。

吞聲—泣不成聲。

惻惻—悲痛。

瘴癘地—南方濕熱疾病流行的地方。

逐客—李白下獄潯陽，流放夜郎。

明—知道。

「恐非」二句—懷疑李白已死，否則豈能入夢。平生魂，生者的靈魂。

「水深」二句—路上小心水深浪闊，別翻了舟楫，被蛟龍吞食。

【二首・其二】

浮雲終日行，遊子久不至。
三夜頻夢君，情親見君意。
告歸常局促，苦道來不易。
江湖多風波，舟楫恐失墜。
出門搔白首，若負平生志。
冠蓋滿京華，斯人獨憔悴。
孰云網恢恢，將老身反累。
千秋萬歲名，寂寞身後事。

浮雲—比喻遊子飄遊不定。
遊子—此指李白。

告歸—告辭回去。
局促—不安、不捨的樣子。

冠蓋—冠冕和車蓋，喻富貴達人。
斯人—此人。
「孰云」句—誰說天網恢恢疏而不漏。
反累—反而無辜受連累。

送別

下馬飲君酒，問君何所之？
君言不得意，歸臥南山陲。
但去莫復聞，白雲無盡時。

王維

飲君酒—請君喝酒。
何所之—去哪裡。
歸臥—隱居。
南山陲—終南山邊。
「但去」二句—你只管去吧，我也不再細問了。我們的友情就像天上的白雲，永遠沒有窮盡的時候。

送綦毋潛落第還鄉

王維

聖代無隱者，英靈盡來歸。
遂令東山客，不得顧採薇。
既至金門遠，孰云吾道非。
江淮度寒食，京洛縫春衣。
置酒長安道，同心與我違。
行當浮桂棹，未幾拂荊扉。
遠樹帶行客，孤城當落暉。
吾謀適不用，勿謂知音稀。

落第－應試未被錄取。
聖代－指治世。
東山客－指東晉謝寧，曾隱居東山。
採薇－伯夷、叔齊隱居首陽山，採薇而食。
「既至」句－指綦毋潛落第，不能待詔金馬門。
金馬門，漢代宮門名，賢士等待皇帝召見的地方。
京洛－指洛陽。
同心－知心朋友。
行當－將要。
桂棹－桂木作的船槳。
「吾謀」二句－勸勉綦毋潛此次落第是偶然失敗，別以為知音少而徒自感慨。

青谿

王維

言入黃花川，每逐青谿水。
隨山將萬轉，趣途無百里。
聲喧亂石中，色靜深松裡。
漾漾汎菱荇，澄澄映葭葦。
我心素已閒，清川澹如此。
請留盤石上，垂釣將已矣。

青谿－今陝西沔縣之東。
言－發語詞，無義。
黃花川－今陝西鳳縣東北黃花鎮附近。
趣－同趨。趣途指，走在路上。
漾漾－水波晃動的樣子。
菱荇－菱角和荇菜。
葭－初生的蘆葦。
澹－淡泊。
盤石－大石。
垂釣－暗用東漢嚴子陵隱居垂釣的典故，借指隱居。
將已矣－將留此終身。

渭川田家

王維

斜光照墟落，窮巷牛羊歸。
野老念牧童，倚杖候荊扉。
雉雊麥苗秀，蠶眠桑葉稀。
田夫荷鋤立，相見語依依。
即此羨閒逸，悵然吟式微。

斜光－夕陽斜照的光。
墟落－村落。
野老－住在郊的老人。
念－掛念。
倚杖－拄著拐杖。
雉雊－野雞鳴叫。
蠶眠－此指蠶吐絲前的最後一眠。
式微－用詩經「式微，式微，胡不歸」語，有歸隱田園之意。

西施詠

王維

艷色天下重，西施寧久微？
朝為越溪女，暮作吳宮妃。
賤日豈殊眾，貴來方悟稀。
邀人傅脂粉，不自著羅衣。
君寵益嬌態，君憐無是非。
當時浣紗伴，莫得同車歸。
持謝鄰家子，效顰安可希。

西施—吳越美女，被越王勾踐送給吳王夫差迷惑之。勾踐休養生息，一舉滅吳。

微—微賤。

吳宮妃—吳王夫差的嬪妃。

殊衆—出衆。

嬌態—嫵媚的姿態。

浣紗—即洗衣服。

持謝—奉告。

效顰—模仿西施皺眉。比喻胡亂模仿。

安可希—怎能希望得寵。

秋登蘭山寄張五

孟浩然

北山白雲裡，隱者自怡悅。
相望試登高，心隨雁飛滅。
愁因薄暮起，興是清秋發。
時見歸村人，沙行渡頭歇。
天邊樹若薺，江畔洲如月。
何當載酒來，共醉重陽節。

蘭山—唐代慶符縣治南，與北山相對。

張五—一說指張諲。

北山—張五隱居的所在。

隱者—詩人自稱。

興—秋興。

發—激發。

沙行—在溪沙上行走。

「天邊」二句—遠樹細小像薺葉，近看江畔沙洲似眉月。

夏日南亭懷辛大

孟浩然

山光忽西落，池月漸東上。
散髮乘夜涼，開軒臥閒敞。
荷風送香氣，竹露滴清響。
欲取鳴琴彈，恨無知音賞。
感此懷故人，中宵勞夢想。

南亭—澗南園，位於孟浩然家鄉襄陽郊外的峴山附近。
辛大—辛諤，乃孟浩然同鄉友人，常於夏日來南亭納涼。
散髮—古人平時束髮，散髮表示閒適自在。
軒—這裡指窗子。
琴—此指表達自己心聲的琴。
恨—惋惜。
故人—此指辛大。
中宵—半夜。

宿業師山房待丁大不至

孟浩然

夕陽度西嶺，群壑倏已暝。
松月生夜涼，風泉滿清聽。
樵人歸欲盡，煙鳥棲初定。
之子期宿來，孤琴候蘿徑。

業師—名叫業的僧人。
山房—僧人居所。
丁大—可能是丁鳳，孟浩然的友人。
倏—倏忽，指時間很快。
滿清聽—滿耳都是清脆的響聲。
煙鳥—暮靄中的歸鳥。
之子—此子，指丁大。
期宿來—相約來住一夜。

同從弟南齋翫月憶山陰崔少府

王昌齡

高臥南齋時，開帷月初吐；
清輝澹水木，演漾在窗戶。
苒苒幾盈虛，澄澄變今古。
美人清江畔，是夜越吟苦。
千里其如何，微風吹蘭杜。

從弟—堂弟。
南齋—南山書齋。
翫月—賞月。
山陰崔少府—指崔國輔，在盛唐詩人中以五絕著名。
開帷—打開窗簾。
澹—水緩緩地流。
演漾—水波搖動的樣子。
苒苒—形容時光流逝。
澄澄—形容清光。
美人—思慕的友人，此指山陰崔少府。
越吟—以越地的聲調吟詩。
蘭杜—指蘭花和杜若。

尋西山隱者不遇

邱為

絕頂一茅茨，直上三十里。
扣關無僮僕，窺室惟案几。
若非巾柴車，應是釣秋水。
差池不相見，黽勉空仰止。
草色新雨中，松聲晚窗裡。
及茲契幽絕，自足蕩心耳。
雖無賓主意，頗得清淨理。
興盡方下山，何必待之子。

茅茨—茅屋。
扣關—叩門。
僮僕—指書僮。
巾柴車—戴葛巾坐柴車出遊。
釣秋水—到秋水潭垂釣。
差池—指此來彼往而錯過。
黽勉—殷勤。
契—契合。
蕩心—讓心胸開暢。
「雖無」句—指未盡賓主之誼。
子—指隱者。

春泛若耶溪

綦毋潛

幽意無斷絕，此去隨所偶。
晚風吹行舟，花路入溪口。
際夜轉西壑，隔山望南斗。
潭煙飛溶溶，林月低向後。
生事且瀰漫，願為持竿叟。

若耶溪—在會稽縣東二十里。
隨所偶—隨遇而安。
際夜—入夜之際，指傍晚。
南斗—星宿名。
潭煙—水氣。
生事—人世間的事。
瀰漫—渺茫無窮。

宿王昌齡隱居

常建

清溪深不測，隱處唯孤雲。
松際露微月，清光猶為君。
茅亭宿花影，藥院滋苔紋。
余亦謝時去，西山鸞鶴群。

唯—只有。

宿—比喻夜靜花影如眠。
藥院—種藥草的院子。
滋—生長。
謝時—辭去俗世的牽累。
鸞鶴—青鸞白鶴俱仙鳥也，比喻隱士。
群—與……為伍。

與高適薛據登慈恩寺浮圖

岑參

塔勢如湧出，孤高聳天宮。
登臨出世界，磴道盤虛空。
突兀壓神州，崢嶸如鬼工。
四角礙白日，七層摩蒼穹。
下窺指高鳥，俯聽聞驚風。
連山若波濤，奔湊如朝東。
青槐夾馳道，宮館何玲瓏。
秋色從西來，蒼然滿關中。
五陵北原上，萬古青濛濛。

浮圖—原是梵文佛陀的音譯，這裡指佛塔。慈恩寺浮圖，即今西安寺大雁塔。
湧出—形容拔地而起。
世界—指宇宙。
磴道—塔內的石階。
突兀—高聳的樣子。
神州—指中國。
鬼工—非人力能及。
摩蒼穹—觸及到天空。
驚風—疾風。
奔湊—聚集會合。
馳道—皇帝車駕通行的御道。
宮館—宮闕。
關中—指今陝西中部地區。
五陵北原—在長安城北，漢代帝王埋葬的地方。

淨理了可悟，勝因夙所宗。
誓將挂冠去，覺道資無窮。

淨理－清淨寂滅的佛理。
勝因－佛家語，指善因。
挂冠－辭官歸隱。
覺道－指消除一切欲念和物我相忘的大覺之道。
資無窮－受用不盡。

賊退示官吏

元結

【并序】癸卯歲，西原賊入道州，焚燒殺掠，幾盡而去。明年，賊又攻永州，破邵，不犯此州邊鄙而退。豈力能制敵歟？蓋蒙其傷憐而已。諸使何為忍苦徵斂，故作詩一篇以示官吏。

昔歲逢太平，山林二十年。
泉源在庭戶，洞壑當門前。
井稅有常期，日晏猶得眠。
忽然遭世變，數歲親戎旃。
今來典斯郡，山夷又紛然。
城小賊不屠，人貧傷可憐。
是以陷鄰境，此州獨見全。

癸卯歲—即唐代宗廣德元年（西元七三六年）

道州—治今湖南道縣。

明年—第二年。

攻永州破邵—永州、邵州均在今湖南省。

邊鄙—邊境。

歟—嗎。

昔歲—從前。

井稅—租稅的一種，即田賦。

世變—指安史之亂。

戎旃—軍旗，此指軍旅生活。

今來典斯郡—今年我來擔任此郡刺史。

山夷—指山賊。

見全—被保全下來。

使臣將王命，豈不如賊焉？
今彼徵斂者，迫之如火煎。
誰能絕人命，以作時世賢。
思欲委符節，引竿自刺船。
將家就魚麥，歸老江湖邊。

將王命—奉皇上的旨意。

絕—斷絕。

委符節—意即棄官而去。

引竿—拿釣竿，代指隱居。

刺船—撐船。

「將家」句—帶著全家回到魚米之鄉。

郡齋雨中與諸文士燕集

韋應物

兵衛森畫戟，宴寢凝清香。
海上風雨至，逍遙池閣涼。
煩痾近消散，嘉賓復滿堂。
自慚居處崇，未覩斯民康。
理會是非遣，性達形跡忘。
鮮肥屬時禁，蔬果幸見嘗。
俯飲一杯酒，仰聆金玉章。
神歡體自輕，意欲凌風翔。
吳中盛文史，群彥今汪洋。

森—森然羅列。
宴寢—內室。此指休息的地方。
海上—指蘇州東邊的海面。
煩痾—煩悶。
居處崇—指居刺史高位。
斯民康—人民康樂。
理會—通達是非。
遣—消散。
鮮肥屬時禁—時值炎夏，應嚴禁鮮魚肥肉。
金玉章—喻優美的詞章。
吳中—蘇州的古稱。
群彥—群英。
汪洋—喻衆多。

方ㄈㄤ知ㄓ大ㄉㄚˋ藩ㄈㄢ地ㄉㄧˋ，豈ㄑㄧˇ曰ㄩㄝ財ㄘㄞˊ賦ㄈㄨˋ強ㄑㄧㄤˊ。

大藩地—財富廣聚之地，即大都市。

藩，原指藩王的封地。

初發揚子寄元大校書

淒淒去親愛，泛泛入煙霧。
歸棹洛陽人，殘鐘廣陵樹。
今朝為此別，何處還相遇。
世事波上舟，沿洄安得住？

韋應物

揚子—揚子津，在長江北岸，近瓜州。
元大—大是排行，其人名字不可考。
校書—唐代官名，掌管校書籍。
淒淒—悲傷。
去—離開。
親愛—相親相愛的好友，指元大。
泛泛—行船漂浮。
歸棹—指從揚子江出發乘船北歸洛陽。
廣陵—揚州的古稱。
此—此處。
為別—作別。
還—再。
沿洄—指處境的順逆。
安得住—怎停得住。

寄全椒山中道士

韋應物

今朝郡齋冷，忽念山中客。
澗底束荊薪，歸來煮白石。
欲持一瓢酒，遠慰風雨夕。
落葉滿空山，何處尋行跡？

全椒—今安徽全椒縣，唐屬滁州。

郡齋—指韋應物任滁州刺史時官署中的齋舍。

荊薪—雜柴。

煮白石—用《神仙傳》典，喻過淡泊生活。

行跡—來去的蹤跡。

長安遇馮著

韋應物

客從東方來，衣上灞陵雨。
問客何為來？采山因買斧。
冥冥花正開，颺颺燕新乳。
昨別今已春，鬢絲生幾縷？

馮著－韋應物友人。
客－指馮著。
灞陵－今西安市東，因漢文帝葬於此，改名灞陵。
采山－指欲馮歸隱山林。
冥冥－繁盛貌。
颺颺－飛翔貌。
燕新乳－指小燕初生。
昨別－去年分別。

夕次盱眙縣

韋應物

落帆逗淮鎮，停舫臨孤驛。
浩浩風起波，冥冥日沉夕。
人歸山郭暗，雁下蘆洲白。
獨夜憶秦關，聽鐘未眠客。

次—停泊。
盱眙—今安徽盱眙縣，近淮水。
落帆—卸帆。
逗—留宿。
淮鎮—淮水邊的市鎮。
臨—靠近。
驛—供郵差和官員旅宿的水陸交通站。
「雁下」句—雁棲水邊，月光映照蘆花益顯皎白。
秦關—即關中，代指詩人故鄉長安。
客—詩人自稱。

東郊

韋應物

吏舍跼終年，出郊曠清曙。
楊柳散和風，青山澹吾慮。
依叢適自憩，緣澗還復去。
微雨靄芳原，春鳩鳴何處？
樂幽心屢止，遵事跡猶遽。
終罷斯結廬，慕陶真可庶。

跼—拘束。
清曙—清晨。
澹—澄淨。
慮—思緒。
叢—樹叢。
緣—沿著。
靄—滋潤。
遽—匆忙。
慕陶—仰慕陶淵明。
真可庶—意指願望也就差不多可以實現了。

送楊氏女

永日方慼慼，出行復悠悠。
女子今有行，大江泝輕舟。
爾輩苦無恃，撫念益慈柔。
幼為長所育，兩別泣不休。
對此結中腸，義往難復留。
自小闕內訓，事姑貽我憂。
賴茲託令門，任恤庶無尤。
貧儉誠所尚，資從豈待周。
孝恭遵婦道，容止順其猷。

韋應物

楊氏女—指女兒嫁給姓楊的人家。
慼慼—感傷。
有行—指出嫁。
泝—逆流而上。
爾輩—你們，指兩個女兒。
無恃—沒有母親。
「幼為」句—指小女是姐姐撫養長大的。
結中腸—心中哀腸之情鬱結。
義往難復留—女子二十而嫁，言義當往也。
內訓—閨中母訓。
事姑—侍奉婆婆。
託令門—託付於好人家。
任恤—信任體恤。
資從—資財僕從，指嫁妝。
周—齊備。
容止—容貌舉止。

別離在今晨，見爾當何秋？
居閒始自遣，臨感忽難收。
歸來視幼女，零淚緣纓流。

猷—規矩禮節。
臨感—臨別感傷。
零淚—落淚。
纓—帽帶。

晨詣超師院讀禪經

柳宗元

汲井漱寒齒，清心拂塵服。
閒持貝葉書，步出東齋讀。
真源了無取，妄跡世所逐。
遺言冀可冥，繕性何由熟？
道人庭宇靜，苔色連深竹。
日出霧露餘，青松如膏沐。
澹然離言說，悟悅心自足。

詣—到，住。
超師院—指龍興寺淨土院。
超師，指住持僧重巽。
拂—抖動。
貝葉書—指佛經。
古印度人多用貝多羅樹（緬梔）葉子寫佛經。
真源—人生大道的根源。
了—明白。
妄跡—迷信妄誕的事情。
遺言—佛經中的微言大義。
冥—契合。
繕性—修養性情。
熟—完美。
道人—指超。
澹然—恬淡寧靜。
離言說—難以言說。

溪居

柳宗元

久為簪組累，幸此南夷謫。
閒依農圃鄰，偶似山林客。
曉耕翻露草，夜傍響溪石。
來往不逢人，長歌楚天碧。

簪組—官吏的冠飾。此指官職。

南夷謫—指貶官到永州。南夷，古代對南方少數民族的稱呼。

傍—行船。

響溪石—水激溪石的聲響。

不逢人—難得碰上什麼人。

楚天—永州原屬楚地。

【卷一】

五古樂府

塞下曲【二首·其一】

王昌齡

蟬鳴空桑林，八月蕭關道。
出塞入塞寒，處處黃蘆草。
從來幽并客，皆共塵沙老。
莫學遊俠兒，矜誇紫騮好。

空桑林—桑林因秋天落葉而變得空曠。

蕭關—寧夏古關塞名。

幽并—幽州和并州。

遊俠兒—指好交遊、逞意氣而輕生死的人。

紫騮—泛指駿馬。

【二首．其二】

飲馬渡秋水，水寒風似刀。
平沙日未沒，黯黯見臨洮。
昔日長城戰，咸言意氣高。
黃塵足今古，白骨亂蓬蒿。

平沙—大沙漠。

黯黯—光線昏暗。

臨洮—甘肅地名，古長城的起點。

長城戰—指開元二年，唐將殺敵數萬，洮水為之不流。

黃塵足今古—黃沙滾滾，古今並無不同。

亂蓬蒿—散落在荒野間。

關山月

李白

明月出天山，蒼茫雲海間。
長風幾萬里，吹度玉門關。
漢下白登道，胡窺青海灣。
由來征戰地，不見有人還。
戍客望邊色，思歸多苦顏。
高樓當此夜，歎息未應閒。

關山月—樂府舊題，多抒離別哀傷之情。
天山—甘肅祁連山。
玉門關—古通西域要道，故址在今甘肅敦煌西北。
下—出兵。
白登道—指漢高祖與匈奴交戰，在白登山被困。
胡—此指吐蕃。
青海灣—即青海省青海湖。
戍客—駐守邊塞的士兵。
高樓—指戍邊兵士之妻。

子夜四時歌【四首・春歌】

李白

秦地羅敷女，采桑綠水邊。
素手青條上，紅妝白日鮮。
蠶饑妾欲去，五馬莫留連。

【四首・夏歌】

鏡湖三百里，菡萏發荷花。
五月西施采，人看隘若耶。
回舟不待月，歸去越王家。

子夜歌—晉有女子名子夜，造此聲，聲過哀苦。因此於吳地，又名《子夜吳歌》

羅敷—泛指年輕女子。

素—白。

「紅妝」句—指女子盛妝艷麗。

五馬—指太守。古時太守車駕用五馬，故名之。

鏡湖—一名鑑湖，在今浙江紹興東南。

菡萏—還未開放的荷花。

隘—阻塞。

若耶—相傳為西施浣紗處。

「回舟」二句—不必辛苦採蓮到月出才回船，因為妳將被挑選入越王的宮殿。

【四首·秋歌】

長安一片月，萬戶擣衣聲；
秋風吹不盡，總是玉關情。
何日平胡虜？良人罷遠征。

【四首·冬歌】

明朝驛使發，一夜絮征袍。
素手抽鍼冷，那堪把剪刀。
裁縫寄遠道，幾日到臨洮。

擣衣—洗衣時將衣服放在砧石上，以杵敲打使潔淨。

玉關—玉門關。

虜—指敵人。

驛使—古時用快馬傳遞文書的人。

絮—將棉花均勻地塞進衣物裡。

長干行

李白

妾髮初覆額，折花門前劇。
郎騎竹馬來，遶牀弄青梅。
同居長干里，兩小無嫌猜。
十四為君婦，羞顏未嘗開。
低頭向暗壁，千喚不一回。
十五始展眉，願同塵與灰。
常存抱柱信，豈上望夫臺。
十六君遠行，瞿塘灩澦堆。
五月不可觸，猿聲天上哀。

長干—地名，今南京南方，是商人聚集的村鎮。
劇—遊戲。
牀—井欄。
抱柱信—典出《莊子．子夜盜跖》篇中尾生與女子相約之事。喻守約。
「五月」句—灩澦堆春夏間為水淹沒，行船常觸礁，十分危險。

門前遲行跡，一一生綠苔。
苔深不能掃，落葉秋風早。
八月蝴蝶來，雙飛西園草。
感此傷妾心，坐愁紅顏老。
早晚下三巴，預將書報家。
相迎不道遠，直至長風沙。

蝴蝶來—指秋天。

早晚—何時。
三巴—巴郡、巴東、巴西合稱三巴。
不道遠—不會嫌遠。
長風沙—地名，距金陵七百里，水勢湍險。

烈女操

梧桐相待老，鴛鴦會雙死。
貞婦貴殉夫，捨生亦如此。
波瀾誓不起，妾心井中水。

孟郊

鴛鴦會雙死—鴛鴦雌雄相隨，同生同死。
會—終當。
殉—以死相從。

遊子吟

孟郊

慈母手中線，遊子身上衣。
臨行密密縫，意恐遲遲歸。
誰言寸草心，報得三春暉。

寸草心—小草的嫩芽，喻遊子心。

暉—陽光，比喻母愛的溫暖。

【卷二】

七言古詩

登幽州臺歌

陳子昂

前不見古人，
後不見來者。
念天地之悠悠，
獨愴然而涕下。

幽州—古地名，今河北省北部和遼寧省一帶。

悠悠—無窮無盡的樣子。

愴然—悲傷。

涕—眼淚。

古意

李頎

男兒事長征，少小幽燕客，
賭勝馬蹄下，由來輕七尺；
殺人莫敢前，鬚如蝟毛磔。
黃雲隴底白雲飛，
未得報恩不能歸。
遼東小婦年十五，
慣彈琵琶解歌舞。
今為羌笛出塞聲，
使我三軍淚如雨。

古意—猶「擬古」。

事長征—從軍遠征。

幽燕客—指慷慨悲歌的幽燕之士。

賭勝—較量勝負。

馬蹄下—馳騁疆場之意。

七尺—身軀。此代指生命。

磔—張開。

黃雲—指戰場上升騰飛揚的塵土。

小婦—少婦。

解—擅長。

羌笛—又稱羌管，古代的一種單簧樂器。

三軍—指騎馬打仗的前、中、後軍。

送陳章甫

李頎

四月南風大麥黃，棗花未落桐陰長。
青山朝別暮還見，嘶馬出門思舊鄉。
陳侯立身何坦蕩，虬鬚虎眉仍大顙。
腹中貯書一萬卷，不肯低頭在草莽。
東門酤酒飲我曹，心輕萬事皆鴻毛。
醉臥不知白日暮，有時空望孤雲高。
長河浪頭連天黑，津口停舟渡不得。
鄭國遊人未及家，洛陽行子空嘆息。
聞道故林相識多，罷官昨日今如何？

陳章甫—江陵人。

長—茂密貌。

陳侯—指陳章甫。

大顙—指額頭寬大。

「不肯」句—指不肯埋沒草野，想出仕作一番事業。

酤酒—買酒。

飲我曹—請我輩喝酒。

鴻毛—大雁的羽毛，比喻極輕之物。

津口—渡口。

鄭國遊人—指陳章甫。

洛陽行子—李頎自稱。

故林—故鄉。

琴歌

李頎

主人有酒歡今夕，請奏鳴琴廣陵客。
月照城頭烏半飛，霜淒萬樹風入衣。
銅鑪華燭燭增輝，初彈淥水後楚妃。
一聲已動物皆靜，四座無言星欲稀。
清淮奉使千餘里，敢告雲山從此始。

琴歌—聽琴有感之歌。

主人—東道主。

廣陵客—琴曲有《廣陵散》，此指琴技高超的人。

烏—烏鴉。

半飛—分飛。

銅鑪—銅製薰香爐。

淥水、楚妃—皆古琴曲。

「清淮」二句—李頎任淮水新鄉尉，因琴聲觸動鄉情，萌生歸隱之意。

奉使—做官。

告—告歸辭官。

雲山—代指歸隱。

聽董大彈胡笳聲兼寄語弄房給事

李頎

蔡女昔造胡笳聲，一彈一十有八拍。
胡人落淚沾邊草，漢使斷腸對歸客。
古戍蒼蒼烽火寒，大荒沉沉飛雪白。
先拂商弦後角羽，四郊秋葉驚摵摵。
董夫子，通神明，深山竊聽來妖精。
言遲更速皆應手，將往復旋如有情。
空山百鳥散還合，萬里浮雲陰且晴。
嘶酸雛雁失群夜，斷絕胡兒戀母聲。
川為淨其波，鳥亦罷其鳴。

董大—開元、天寶年間著名琴師。
弄—樂曲。
房給事—房琯，任給事之職。
蔡女—蔡琰，字文姬，蔡邕之女，身陷匈奴時作《胡笳十八拍》。
胡笳—捲蘆葉製成的吹奏樂器。
大荒—指塞外荒涼之地。
摵摵—葉落聲。
董夫子—即董大，是當時著名的琴師。
更—轉換。
「嘶酸」二句—形容琴聲低沉酸澀如失群雛雁，猶似當年文姬與幼兒訣別般憂傷。

烏孫部落家鄉遠，邏娑沙塵哀怨生。
幽音變調忽飄灑，長風吹林雨墮瓦。
迸泉颯颯飛木末，野鹿呦呦走堂下。
長安城連東掖垣，鳳凰池對青瑣門。
高才脫略名與利，日夕望君抱琴至。

烏孫—漢代西域國名。
邏娑—唐時吐蕃首府，今西藏拉薩。
幽音—音調低沉。
迸泉—噴湧出的泉水。
木末—樹梢。
呦呦—鹿鳴聲。
東掖垣—禁牆，此指門下省。
鳳凰池—指中書省。
青瑣門—泛指宮門。
高才—指房琯。
脫略—不以為意。
日夕—天天。

聽安萬善吹觱篥歌

李頎

南山截竹為觱篥，此樂本自龜茲出。
流傳漢地曲轉奇，涼州胡人為我吹。
傍鄰聞者多歎息，遠客思鄉皆淚垂。
世人解聽不解賞，長飆風中自來往。
枯桑老柏寒颼飀，九雛鳴鳳亂啾啾。
龍吟虎嘯一時發，萬籟百泉相與秋。
忽然更作漁陽摻，黃雲蕭條白日暗。
變調如聞楊柳春，上林繁花照眼新。
歲夜高堂列明燭，美酒一杯聲一曲。

安萬善—唐開元年間西域安國的樂師。
觱篥—竹製的吹奏樂器，又名笳管。似嗩吶。
龜茲—唐代安西四鎮之一。
曲轉奇—曲調變得更加新奇、精妙。
涼州—今甘肅一帶。
解—懂得。
長飆—暴風。
九雛鳴鳳—形容琴聲細碎而清越。
漁陽摻—鼓曲名，音節悲壯。
黃雲—日暮之雲。
楊柳春—楊柳枝，古調名，聲輕快熱鬧。
上林—天子遊宴畋獵之所。
歲夜—除夕。

夜歸鹿門山歌

孟浩然

山寺鐘鳴晝已昏，漁梁渡頭爭渡喧。
人隨沙路向江村，余亦乘舟歸鹿門。
鹿門月照開煙樹，忽到龐公棲隱處。
岩扉松徑長寂寥，惟有幽人自來去。

鹿門山—今湖北襄陽東南三十里，孟浩然曾長期在此隱居。

漁梁—鹿門山附近的渡口。

龐公—龐德公，拒荊州刺史劉表延請，攜妻子登鹿門山不還。

岩扉松徑—指岩壁當門，松林夾路。

幽人—隱士。指龐德公，亦為詩人自指。

廬山謠寄盧侍御虛舟

李白

我本楚狂人，鳳歌笑孔丘。
手持綠玉杖，朝別黃鶴樓。
五嶽尋仙不辭遠，一生好入名山遊。
廬山秀出南斗傍，屏風九疊雲錦張。
影落明湖青黛光，金闕前開二峰長，
銀河倒挂三石梁。
香爐瀑布遙相望，迴崖沓障凌蒼蒼。
翠影紅霞映朝日，鳥飛不到吳天長。
登高壯觀天地間，大江茫茫去不還。

謠—不合樂的歌。
盧侍御虛舟—盧虛舟，有清廉之譽，曾與李白同遊廬山。
楚狂人—楚國人陸通，曾作歌嘲笑孔子熱衷作官，中有「鳳兮鳳兮，何德之衰」句。
綠玉杖—傳說中仙人用的杖。
屏風九疊—指廬山五老峰東的九疊屏。
影落—指廬山倒映在明澈的鄱陽湖中。
黛—青黑色。
金闕—指石門山。
二峰—香爐、雙劍峰。
三石梁—三疊泉流經處之石橋。
吳天—廬山三國時屬吳地。

黃雲萬里動風色，白波九道流雪山。
好為廬山謠，興因廬山發。
閒窺石鏡清我心，謝公行處蒼苔沒。
早服還丹無世情，琴心三疊道初成。
遙見仙人彩雲裡，手把芙蓉朝玉京。
先期汗漫九垓上，願接盧敖遊太清。

九道－指長江流經九江分為九條支流。
雪山－形容波濤洶湧。
石鏡－廬山名勝。山石圓而明淨如鏡。
謝公－南朝詩人謝靈運，曾遊廬山作詩。
還丹－多次煉成的丹，傳服之可成仙。
琴心三疊－道家術語，指到達平靜和諧的境界。
玉京－天帝居處。
汗漫－浮泛不著邊際。
九垓－九天之外。
盧敖－秦始皇曾派其求仙，此指盧虛舟。
太清－天。

夢遊天姥吟留別

李白

海客談瀛洲，煙濤微茫信難求。
越人語天姥，雲霓明滅或可睹。
天姥連天向天橫，勢拔五嶽掩赤城。
天臺四萬八千丈，對此欲倒東南傾。
我欲因之夢吳越，一夜飛渡鏡湖月。
湖月照我影，送我至剡溪。
謝公宿處今尚在，淥水蕩漾清猿啼。
腳著謝公屐，身登青雲梯。
半壁見海日，空中聞天雞。

海客—航海者。
瀛洲—傳說海上仙山。
微茫—隱約、模糊。
天姥—山名，在浙江新昌縣東。
赤城—山名，在浙江天臺縣北。
天臺—山名，在浙江天臺，與天姥相對。
之—指上述越人的話。
鏡湖—指鑑湖。相傳黃帝鑄鏡於此，在今浙江紹興。
剡溪—今浙江嵊縣南。
淥—清澈。
謝公—謝靈運，曾投宿剡溪。
青雲梯—沿階登山，如緣青雲而上。

千岩萬壑路不定，迷花倚石忽已暝。
熊咆龍吟殷岩泉，慄深林兮驚層巔。
雲青青兮欲雨，水澹澹兮生煙。
裂缺霹靂，丘巒崩摧。
洞天石扇，訇然中開。
青冥浩蕩不見底，日月照耀金銀臺。
霓為衣兮風為馬，
雲之君兮紛紛而來下。
虎鼓瑟兮鸞回車，仙之人兮列如麻。
忽魂悸以魄動，怳驚起而長嗟。

天雞—傳桃都山有樹名桃都，上有天雞日出則鳴，天下雞跟隨啼叫。

殷—震動。

慄—顫慄。

青青—此指深沉。

澹澹—波光閃動。

裂缺—閃電。

訇然—巨大的聲響。

青冥—青藍色天空。

金銀臺—傳說中神仙所居，以金銀裝飾的樓臺。

雲之君—雲神。

列如麻—言其多也。

惟覺時之枕席，失向來之煙霞。
世間行樂亦如此，古來萬事東流水。
別君去兮何時還？
且放白鹿青崖間，須行即騎訪名山。
安能摧眉折腰事權貴，
使我不得開心顏。

覺—夢醒。
煙霞—夢中美好景象。
白鹿—指隱士、仙人的坐騎。
摧眉折腰—低眉彎腰，指奴顏卑膝。

金陵酒肆留別

李白

風吹柳花滿店香，吳姬壓酒喚客嘗。
金陵子弟來相送，欲行不行各盡觴。
請君試問東流水，別意與之誰短長？

金陵—南京。
酒肆—酒店。
留別—臨別留詩給送行者。
吳姬—吳地的女子。這裡指賣酒女。
壓酒—酒熟時將酒汁壓出。
盡觴—喝完杯中酒。
之—指東流水。

宣州謝脁樓餞別校書叔雲

李白

棄我去者，昨日之日不可留。
亂我心者，今日之日多煩憂。
長風萬里送秋雁，對此可以酣高樓。
蓬萊文章建安骨，中間小謝又清發。
俱懷逸興壯思飛，欲上青天覽明月。
抽刀斷水水更流，舉杯銷愁愁更愁。
人生在世不稱意，明朝散髮弄扁舟。

謝脁樓－南齊太守謝脁所建，為江南四大名樓之一。

叔雲－李白的叔叔李雲。

蓬萊－指秘書省。李白族叔李雲官秘書省校書郎，其文章有建安風骨，又有謝脁之才。

建安骨－漢獻帝年間詩文風骨遒勁，頗有古風。

小謝－謝脁。此指叔雲有謝脁之才。

清發－清新秀發的詩風。

舉杯銷愁－指借酒澆愁。

散髮－不戴冠簪，指散漫不羈。

扁舟－小船。弄扁舟，有歸隱江湖之意。

走馬川行奉送封大夫出師西征

岑參

君不見走馬川行雪海邊，
平沙莽莽黃入天。輪臺九月風夜吼，
一川碎石大如斗，隨風滿地石亂走。
匈奴草黃馬正肥，金山西見煙塵飛，
漢家大將西出師。將軍金甲夜不脫，
半夜軍行戈相撥，風頭如刀面如割。
馬毛帶雪汗氣蒸，五花連錢旋作冰，
幕中草檄硯水凝。虜騎聞之應膽懾，
料知短兵不敢接，車師西門佇獻捷。

走馬川—又名左末河，今新疆境內車爾成河。金山，即阿爾泰山。
封大夫—將領封常清。
輪臺—新疆庫車縣。岑參曾隨封大夫常清屯兵於此。
走—滾動。
匈奴—借指達奚部族。
金山—即阿爾泰山。
漢家—代指唐朝。
軍行—行軍。
撥—碰撞。
五花、連錢—均良馬名。
草檄—起草聲討敵人的文書。
短兵—刀劍一類的武器。
車師—一作軍師，唐北庭都護府所在。
佇獻捷—等著呈獻捷報。

輪臺歌奉送封大夫出師西征

岑參

輪臺城頭夜吹角，輪臺城北旄頭落。
羽書昨夜過渠黎，單于已在金山西。
戍樓西望煙塵黑，漢兵屯在輪臺北。
上將擁旄西出征，平明吹笛大軍行。
四邊伐鼓雪海湧，三軍大呼陰山動。
虜塞兵氣連雲屯，戰場白骨纏草根。
劍河風急雪片闊，沙口石凍馬蹄脫。
亞相勤王甘苦辛，誓將報主靜邊塵。
古來青史誰不見？今見功名勝古人。

封大夫—即封常清。
輪臺—今新疆境內。
旄頭—星宿名。
羽書—緊急文書插羽毛為記。
渠黎—西域國名。
單于—匈奴君長的稱號。
戍樓—軍隊駐防的城樓。
上將—將軍。指封常清。
旄—節旄，軍權的象徵。
笛—指吹笛為號。
陰山—代指塞外的山。
虜塞—敵人的要塞。
劍河、沙口—在今新疆境內。
亞相—御史大夫，地位亞於宰相，此指封大夫常清。
勤王—起兵為王室靖難。
青史—史籍。古代以竹簡記事，色澤作青色，故稱青史。

白雪歌送武判官歸京

岑參

北風卷地白草折，胡天八月即飛雪。
忽如一夜春風來，千樹萬樹梨花開。
散入珠簾濕羅幕，狐裘不暖錦衾薄。
將軍角弓不得控，都護鐵衣冷猶著。
瀚海闌干百丈冰，愁雲黲淡萬里凝。
中軍置酒飲歸客，胡琴琵琶與羌笛。
紛紛暮雪下轅門，風掣紅旗凍不翻。
輪臺東門送君去，去時雪滿天山路。
山迴路轉不見君，雪上空留馬行處。

武判官—名不詳。判官，官職名。
白草—邊地之草冬枯色白。
胡天—指塞北的天空。
梨花—春天開花，色白。這裡形容雪花積在樹枝上，像梨花開了一樣。
角弓—用動物的角製成的弓。
控—拉開。
都護—鎮守邊疆的官。
瀚海—大沙漠，此泛指西域地區。
闌干—縱橫交錯的樣子。
中軍—主帥統率的軍隊。
歸客—指武判官。
轅門—軍營門。此指帥衙署的大門。
輪臺—在今新疆維吾爾自治區境內。
天山—今新疆境內。

韋諷錄事宅觀曹將軍畫馬圖

杜甫

國初以來畫鞍馬，神妙獨數江都王。
將軍得名三十載，人間又見真乘黃。
曾貌先帝照夜白，龍池十日飛霹靂。
內府殷紅瑪瑙盤，婕妤傳詔才人索。
盤賜將軍拜舞歸，輕紈細綺相追飛。
貴戚權門得筆跡，始覺屏障生光輝。
昔日太宗拳毛騧，近時郭家獅子花。
今之新圖有二馬，復令識者久歎嗟。
此皆騎戰一敵萬，縞素漠漠開風沙。

韋諷－閬州錄事參軍。
曹將軍－曹霸，唐代善畫馬的畫家。
國初－指唐開國初期。
江都王－唐太宗姪李緒，以畫鞍馬出名。
乘黃－傳說中的神馬。
貌－描畫。
照夜白－玄宗所乘馬名。
飛霹靂－比喻駿馬躍騰之姿。
婕妤、才人－宮中女官名。
拜舞－臣下朝觀皇帝時下拜舞蹈。
輕紈細綺－精美的絲織品。
拳毛騧－唐太宗六駿之一。
獅子花－唐代宗賜郭子儀的御馬。
縞素－畫絹。此形容畫中沙塵飛揚、駿馬奔騰。

其餘七匹亦殊絕，迥若寒空動煙雪。
霜蹄蹴踏長楸間，馬官廝養森成列。
可憐九馬爭神駿，顧視清高氣深穩。
借問苦心愛者誰，後有韋諷前支遁。
憶昔巡幸新豐宮，翠華拂天來向東。
騰驤磊落三萬匹，皆與此圖筋骨同。
自從獻寶朝河宗，無復射蛟江水中。
君不見金粟堆前松柏裡，龍媒去盡鳥呼風。

蹴踏—踐踏。

長楸—古代路旁種楸樹，此指大道。

支遁—東晉名僧。

新豐宮—即驪山下的華清宮。

翠華—皇帝儀仗中的旗幟，此代指皇帝車駕。

獻寶朝河宗—穆天子西行，遇河神，河神曾獻寶獻圖，周穆王回來後即死去。此指玄宗駕崩。

「無復」句—借用漢武帝浮江射蛟事，此指玄宗死。

金粟堆—指玄宗墳。

龍媒—駿馬。

丹青引贈曹霸將軍

杜甫

將軍魏武之子孫，於今為庶為清門。
英雄割據雖已矣，文采風流今尚存。
學書初學衛夫人，但恨無過王右軍。
丹青不知老將至，富貴於我如浮雲。
開元之中常引見，承恩數上南熏殿。
凌煙功臣少顏色，將軍下筆開生面。
良相頭上進賢冠，猛將腰間大羽箭。
褒公鄂公毛髮動，英姿颯爽猶酣戰。
先帝天馬玉花驄，畫工如山貌不同。

魏武－魏武帝曹操。
庶－平民。
清門－寒門。
衛夫人－晉代女書法家。
王右軍－晉書法家王羲之。
丹青－代指繪畫。
引見－由內臣帶領覲見皇帝。
南熏殿－興慶宮宮殿，皇帝退朝後休息的地方。
凌煙－凌煙閣。唐太宗畫功臣像於閣中，開元年間令曹霸重畫。
少顏色－指畫暗淡剝落。
進賢冠－儒者戴的黑布冠。
大羽箭－大桿長箭。
褒公、鄂公－前指段志玄，後為尉遲敬德，兩人均唐代開國名將。
玉花驄－玄宗所乘之名馬。
如山－喻眾多。

是日牽來赤墀下，迥立閶闔生長風。
詔謂將軍拂絹素，意匠慘澹經營中。
斯須九重真龍出，一洗萬古凡馬空。
玉花卻在御榻上，榻上庭前屹相向。
至尊含笑催賜金，圉人太僕皆惆悵。
弟子韓幹早入室，亦能畫馬窮殊相。
幹惟畫肉不畫骨，忍使驊騮氣凋喪。
將軍畫善蓋有神，偶逢佳士亦寫真。
即今漂泊干戈際，屢貌尋常行路人。
途窮反遭俗眼白，世上未有如公貧。
但看古來盛名下，終日坎壈纏其身。

赤墀—宮中紅色臺階。
閶闔—宮門。
拂絹素—指作畫。
「意匠」句—指苦心構思。
真龍—駿馬。馬高八尺稱龍。
玉花—指畫中的玉花驄。
至尊—皇帝。
圉人—養馬的人。
太僕—掌馬的官員。
韓幹—唐代名畫家，以畫馬著稱，為曹霸弟子。
入室—得到真傳。
窮殊相—窮盡不同的形象。
驊騮—周穆王八駿之一，此指駿馬。
佳士—才學兼優、品行端正的士人。
寫真—指人物畫像。
「途窮」句—指曹霸困窮，被俗人看不起。
坎壈—遭遇困頓。

寄韓諫議

杜甫

今我不樂思岳陽，身欲奮飛病在床。
美人娟娟隔秋水，濯足洞庭望八荒。
鴻飛冥冥日月白，青楓葉赤天雨霜。
玉京群帝集北斗，或騎麒麟翳鳳凰。
芙蓉旌旗煙霧落，影動倒景搖瀟湘。
星宮之君醉瓊漿，羽人稀少不在旁。
似聞昨者赤松子，恐是漢代韓張良。
昔隨劉氏定長安，帷幄未改神慘傷。
國家成敗吾豈敢，色難腥腐餐楓香。

韓諫議—韓注，生平不詳。諫議，唐代官職。
不樂—心中不快。
岳陽—指韓注所在地。
美人—思慕的人。
八荒—極荒遠之地。
鴻飛冥冥—指韓已遁世。
「玉京」句—天上群仙圍拱著北斗，喻群臣共戴君王。
翳—在此是騎的意思。
麒麟、鳳凰—皆瑞獸。
星宮之君—北斗星君，借指皇帝。
羽人、赤松子—均指傳說中的仙人。
「昔隨」句—指張良曾助劉邦奠定基業。
帷幄—軍帳。

周南留滯古所惜，南極老人應壽昌。
美人胡為隔秋水，焉得置之貢玉堂？

色難－不願。

餐楓香－道家用楓香合藥，此指隱居尋道。

周南留滯－用《史記．太史公自序》司馬遷滯留周南典故，指韓諫議滯留江湖不仕。

南極老人－星宿名。

「美人」二句－品行高潔之人為何遠隔江湖，怎麼樣才能將他置於朝廷呢？美人，指賢能之人。玉堂，漢未央宮有玉堂，這裡指朝廷。

古柏行

杜甫

孔明廟前有老柏，柯如青銅根如石。
霜皮溜雨四十圍，黛色參天二千尺。
君臣已與時際會，樹木猶為人愛惜。
雲來氣接巫峽長，月出寒通雪山白。
憶昨路繞錦亭東，先主武侯同閟宮。
崔嵬枝幹郊原古，窈窕丹青戶牖空。
落落盤踞雖得地，冥冥孤高多烈風。
扶持自是神明力，正直原因造化功。
大廈如傾要梁棟，萬牛回首丘山重。

孔明廟－夔州武侯廟。
柯－樹枝。
霜皮溜雨－指樹皮發白光滑。
四十圍、兩千尺－均形容古柏之壯觀。
「樹木」句－周人愛護召伯曾坐於其下的甘棠，此謂後人愛諸葛亮而及於古柏。
錦亭－杜甫成都草堂中亭名。
先主武侯－劉備、諸葛亮。
閟宮－深閉幽靜之廟。
崔嵬－高大的樣子。
窈窕－深遠。
丹青－指武侯祠中彩繪壁畫。
戶牖－門窗。
落落－孤立。
孤高－指古柏挺立秀拔。

不露文章世已驚，未辭剪伐誰能送？
苦心豈免容螻蟻，香葉終經宿鸞鳳。
志士幽人莫怨嗟，古來材大難為用。

神明—此指自然。

「萬牛」句—指古柏重如丘山，無法運載，連萬牛也因拉不動而回首觀望。

不露文章—指古柏沒有花葉之美。

剪伐—砍折。

送—推倒。

苦心、香葉—柏心味苦，故曰苦心。柏葉有香氣，故曰香葉。這兩句含有身世之感。

鸞鳳—喻君子。

幽人—指隱者。

觀公孫大娘弟子舞劍器行

杜甫

【并序】大曆二年十月十九日，夔府別駕元持宅，見臨潁李十二娘舞劍器，壯其蔚跂。問其所師，曰：「余公孫大娘弟子也。」開元三載，余尚童稚，記於郾城觀公孫氏舞劍器渾脫。瀏漓頓挫，獨出冠時，自高頭宜春梨園二伎坊內人洎外供奉，曉是舞者，聖文神武皇帝初，公孫一人而已。玉貌錦衣，況餘白首，今茲弟子，亦匪盛顏。既辨其由來，知波瀾莫二，撫事慷慨，聊為《劍器行》。昔者吳人張旭，善草書帖，數嘗於鄴縣見公孫大娘舞西河劍器，自此草書長進，豪蕩感激，即公孫可知矣！

昔有佳人公孫氏，一舞劍器動四方。
觀者如山色沮喪，天地為之久低昂。
㸌如羿射九日落，矯如群帝驂龍翔。
來如雷霆收震怒，罷如江海凝清光。

公孫大娘—唐代傑出舞蹈家，傳劍擊之術亦是一絕。
弟子—指李十二娘。
蔚跂—雄渾多姿。
瀏漓—流利飄逸的樣子。
聖文神武皇帝—指唐玄宗。
劍器—西域傳入的武舞，持劍雄裝。
色沮喪—臉色大變。
㸌—閃光貌。
群帝—東方諸神。
驂龍—駕龍。

絳唇珠袖兩寂寞，晚有弟子傳芬芳。
臨潁美人在白帝，妙舞此曲神揚揚。
與余問答既有以，感時撫事增惋傷。
先帝侍女八千人，公孫劍器初第一。
五十年間似反掌，風塵澒洞昏王室。
梨園子弟散如煙，女樂餘姿映寒日。
金粟堆前木已拱，瞿塘石城草蕭瑟。
玳筵急管曲復終，樂極哀來月東出。
老夫不知其所往，足繭荒山轉愁疾。

清光—指水光清澈。
絳唇—指歌唱。
珠袖—指舞蹈。
傳芬芳—傳揚公孫氏的技藝。
美人—指李十二娘。
神揚揚—形容神采飛揚。
既有以—「既辨其由來」之意。
初—本。
反掌—形容快速。
澒洞—迷濛貌，此指安祿山之亂。
梨園子弟—宮中由唐玄宗指導的習藝人。
女樂餘姿—指李十二娘歌舞有盛唐風韻。
「金粟」句—金粟山玄宗墓前，樹木已能合抱。
玳筵—瓊筵。
「足繭」句—指暗夜行經荒山，越走越覺得感傷。

石魚湖上醉歌

元結

【并序】漫叟以公田米釀酒，因休暇則載酒於湖上，時取一醉。歡醉中，據湖岸引臂向魚取酒，使舫載之，遍飲坐者。意疑倚巴丘酌於君山之上，諸子環洞庭而坐，酒舫泛泛然觸波濤而往來者，乃作歌以長之。

石魚湖，似洞庭，夏水欲滿君山青。
山為樽，水為沼，酒徒歷歷坐洲島。
長風連日作大浪，不能廢人運酒舫。
我持長瓢坐巴丘，酌飲四座以散愁。

石魚湖－湖名。在湖南省道縣。
漫叟－放縱無拘束的老人，此為元結自號。
引臂－伸臂。
君山－山名，在洞庭湖中。
樽－酒杯。
沼－此喻酒池。
歷歷－清晰可數。
廢－阻止。
巴丘－即巴陵，洞庭湖邊之山丘。

山石

韓愈

山石犖确行徑微，黃昏到寺蝙蝠飛。
升堂坐階新雨足，芭蕉葉大梔子肥。
僧言古壁佛畫好，以火來照所見稀。
鋪床拂席置羹飯，疏糲亦足飽我饑。
夜深靜臥百蟲絕，清月出嶺光入扉。
天明獨去無道路，出入高下窮煙霏。
山紅澗碧紛爛漫，時見松櫪皆十圍。
當流赤足踏澗石，水聲激激風吹衣。
人生如此自可樂，豈必局束為人鞿。

犖确－險峻不平的樣子。
微－形容山徑狹窄。
升堂－進入寺中廳堂。
新雨－剛下過的雨。
梔子－夏開白花，香氣濃烈。
稀－依稀、隱約。
羹－泛指菜蔬。
疏糲－意指粗茶淡飯。
百蟲絕－指萬籟俱寂。
清月－清朗的月光。
煙霏－煙霧雲靄。
十圍－合抱曰圍，此形容樹木粗大。
激激－水流湍急聲。
局束－受拘束。
鞿－韁繩。比喻受束縛。

嗟哉吾黨二三子，安得至老不更歸。

吾黨—與我志趣相投的人。

「安得」句—為什麼到老還不回來呢？更，再。

八月十五夜贈張功曹

韓愈

纖雲四捲天無河，清風吹空月舒波。

沙平水息聲影絕，一杯相屬君當歌。

君歌聲酸辭且苦，不能聽終淚如雨。

洞庭連天九疑高，蛟龍出沒猩鼯號。

十生九死到官所，幽居默默如藏逃。

下床畏蛇食畏藥，海氣濕蟄熏腥臊。

昨者州前槌大鼓，嗣皇繼聖登夔皋。

赦書一日行萬里，罪從大辟皆除死。

遷者追回流者還，滌瑕蕩垢清朝班。

張功曹—張署。與韓愈皆任監察御史，被貶臨武縣令。

纖雲—雲絲。

河—銀河。

月舒波—形容月光如水。

屬—勸酒。

九疑—山名，《史記》載：「舜南巡崩於蒼梧之野，葬於江南九疑」，即為此山。

猩鼯—猩猩、飛鼠。

官所—指貶地湖南臨武。

默默—鬱鬱寡歡。

藥—指蠱毒。

蟄—指蛇蟲。

槌大鼓—唐代頒布大赦令，擊鼓以集百官。

嗣皇—指唐憲宗。

登—進用。

夔皋—夔指伯夔，皋指皋陶，二人皆舜之良臣。

州家申名使家抑，坎軻只得移荊蠻。
判司卑官不堪說，未免捶楚塵埃間。
同時輩流多上道，天路幽險難追攀。
君歌且休聽我歌，我歌今與君殊科。
一年明月今宵多，人生由命非由他，
有酒不飲奈明何！

赦書－赦免令。
大辟－死刑。
遷－降職。
流－流放。
清朝班－整頓朝綱。
州家、使家－前者指州郡刺史，後者指觀察史。
坎軻－失意。
不堪說－指說話無用。
捶楚－鞭撻，杖刑也。
輩流－被流放的人。
且休－暫停。
殊科－不同。
今宵－今夜，指八月十五夜。
奈明何－怎對得起這一輪明月。

謁衡嶽廟遂宿嶽寺題門樓

韓愈

五嶽祭秩皆三公，四方環鎮嵩當中。
火維地荒足妖怪，天假神柄專其雄。
噴雲泄霧藏半腹，雖有絕頂誰能窮？
我來正逢秋雨節，陰氣晦昧無清風。
潛心默禱若有應，豈非正直能感通？
須臾靜掃眾峰出，仰見突兀撐青空。
紫蓋連延接天柱，石廩騰擲堆祝融。
森然魄動下馬拜，松柏一逕趨靈宮。
粉牆丹柱動光彩，鬼物圖畫填青紅。

五嶽－指泰山、華山、衡山、嵩山、恆山。
三公－人臣最高職位。
火維－南方屬火，此指南嶽衡山。
足－多。
假－授與。
半腹－半山腰。
絕頂－最高峰。
正直－指山神。
靜掃－指雲霧散開。
突兀－高聳貌。
紫蓋、天柱、石廩、祝融－衡山諸峰名。
騰擲－騰躍而上。
森然魄動－肅然起敬。
一逕－一路。
靈宮－嶽廟。
鬼物－此指神像。韓愈斥佛，故謂鬼物。

升階傴僂薦脯酒，欲以菲薄明其衷。
廟內老人識神意，睢盱偵伺能鞠躬。
手持盃珓導我擲，云此最吉餘難同。
竄逐蠻荒幸不死，衣食纔足甘長終。
侯王將相望久絕，神縱欲福難為功。
夜投佛寺上高閣，星月掩映雲朣朧。
猿鳴鐘動不知曙，杲杲寒日生於東。

填青紅—塗著青紅顏色。
傴僂—屈身。
脯酒—酒肉。
菲薄—指祭品簡陋。
睢盱—凝視。
盃珓—占卜吉凶的用具。
餘難同—其餘的無法相比。
竄逐蠻荒—指被貶陽山令。
望久絕—心願早已斷絕。
欲福—願意賜福。
難為功—無能為力。
朣朧—朦朧隱約。
不知曙—不知何時天亮了。
杲杲—明亮貌。

石鼓歌

韓愈

張生手持石鼓文，勸我識作石鼓歌。
少陵無人謫仙死，才薄將奈石鼓何。
周綱凌遲四海沸，宣王憤起揮天戈。
大開明堂受朝賀，諸侯劍佩鳴相磨。
蒐於岐陽騁雄俊，萬里禽獸皆遮羅。
鐫功勒成告萬世，鑿石作鼓隳嵯峨。
從臣才藝咸第一，揀選撰刻留山阿。
雨淋日炙野火燎，鬼物守護煩撝呵。
公從何處得紙本，毫髮盡備無差訛。

張生—張籍。
石鼓文—刻在十塊鼓形石上，是中國最早的石刻文字，文體為大篆，內容敘述出獵情形。
少陵—指杜甫。
謫仙—指李白。
周綱—周朝政治。
沸—動蕩。
宣王—厲王太子靜。
揮天戈—對淮夷用兵。
明堂—古代天子舉行大典的地方。
鳴相磨—碰撞出聲，指來朝賀的諸侯很多。
蒐—打獵。
岐陽—岐山之南。
遮羅—遮攔網羅。

辭嚴義密讀難曉，字體不類隸與蝌。
年深豈免有缺畫，快劍砍斷生蛟鼉。
鸞翔鳳翥眾仙下，珊瑚碧樹交枝柯。
金繩鐵索鎖鈕壯，古鼎躍水龍騰梭。
陋儒編詩不收入，二雅褊迫無委蛇。
孔子西行不到秦，掎摭星宿遺羲娥。
嗟予好古生苦晚，對此涕淚雙滂沱。
憶昔初蒙博士徵，其年始改稱元和。
故人從軍在右輔，為我度量掘臼科。
濯冠沐浴告祭酒，如此至寶存豈多。

鐫、勒－皆指刻石。

隳－毀壞也。

嵯峨－高山。

山阿－泛指山陵。

燎－燃燒。

撝呵－揮斥，引申為衛護。

差訛－差別錯誤。

隸與蝌－隸書與蝌蚪文。

缺畫－指筆畫不全。

蛟鼉－皆水中凶猛的神異之物。此處借以形容石鼓文殘缺的樣子。

翥－飛。

「金繩」句－字形遒勁鉤連。

古鼎－傳周顯王時九鼎沒於泗水，龍咬斷繩索而出。

龍騰梭－相傳陶侃於雷澤網得一梭，掛於壁上，後雷電大作，梭化為龍破壁而去。

二雅－指詩經大雅小雅。

氈包席裹可立致，十鼓只載數駱駝。
薦諸太廟比郜鼎，光價豈止百倍過。
聖恩若許留太學，諸生講解得切磋。
觀經鴻都尚填咽，坐見舉國來奔波。
剜苔剔蘚露節角，安置妥帖平不頗。
大廈深簷與蓋覆，經歷久遠期無佗。
中朝大官老於事，詎肯感激徒媕婀。
牧童敲火牛礪角，誰復著手為摩挲。
日銷月鑠就埋沒，六年西顧空吟哦。
羲之俗書趁姿媚，數紙尚可博白鵝。

褊迫—狹窄。
委蛇—從容自得的樣子。
掎摭—摘取。
羲娥—羲和與嫦娥，代指日月。
博士徵—指韓愈受召為國子博士。
右輔—右扶風，今陝西鳳翔。
臼科—埋石鼓的坑穴。
祭酒—國子監主管官。
立致—立即辦到。
「十鼓」句—用幾隻駱駝把十個鼓載回來。
郜鼎—春秋時郜國之鼎，齊桓公取之納太廟，此指文物。
觀經鴻都—觀經於鴻都門。
填咽—阻塞。
節角—石鼓文稜角屈折。
頗—偏斜。
期無佗—免得發生意外。
老於事—處事老練。

繼周八代爭戰罷，無人收拾理則那。
方今太平日無事，柄任儒術崇丘軻。
安能以此上論列，願借辯口如懸河。
石鼓之歌止於此，嗚呼吾意其蹉跎。

詎—豈。
媕婀—遲疑不決。
敲火—指擊石取火。
摩挲—撫弄，指愛不釋手。
鑠—熔毀。
六年—指元和六年。
「羲之」句—指王羲之所書為當世俗體，筆法秀媚。
博白鵝—《晉書》載王羲之曾以其字換取白鵝。
八代—泛指秦漢以來歷朝歷代。
則那—又奈何。
柄任儒術—重用儒學之士。
丘軻—孔丘與孟軻。
論列—建議、建言。
懸河—形容辯才出衆。
蹉跎—此指白費心思。

漁翁

柳宗元

漁翁夜傍西岩宿，曉汲清湘燃楚竹。
煙銷日出不見人，欸乃一聲山水綠。
回看天際下中流，岩上無心雲相逐。

西岩－即西山。
汲－取水。
湘－湘江。
銷－消散。
欸乃－搖櫓聲。
下中流－由中流而下。

長恨歌

白居易

漢皇重色思傾國，御宇多年求不得。
楊家有女初長成，養在深閨人未識。
天生麗質難自棄，一朝選在君王側。
回眸一笑百媚生，六宮粉黛無顏色。
春寒賜浴華清池，溫泉水滑洗凝脂。
侍兒扶起嬌無力，始是新承恩澤時。
雲鬢花顏金步搖，芙蓉帳暖度春宵。
春宵苦短日高起，從此君王不早朝。
承歡侍宴無閒暇，春從春遊夜專夜。

漢皇—原指漢武帝劉徹。此處借指唐玄宗李隆基。
傾國—形容女子美貌。
御宇—治理天下。
楊家有女—指楊玉環。
六宮—本指皇后寢宮，後泛指妃嬪居處。
粉黛—代指美女。
新承恩澤—初受寵愛。
金步搖—金絲盤花頭飾，走路時搖曳生姿。
苦短—歡愉無厭，故嫌夜短。
早朝—晨起上朝聽政。
夜專夜—一夜接著一夜。

後宮佳麗三千人，三千寵愛在一身。
金屋妝成嬌侍夜，玉樓宴罷醉和春。
姊妹弟兄皆列土，可憐光彩生門戶。
遂令天下父母心，不重生男重生女。
驪宮高處入青雲，仙樂風飄處處聞。
緩歌慢舞凝絲竹，盡日君王看不足。
漁陽鼙鼓動地來，驚破霓裳羽衣曲。
九重城闕煙塵生，千乘萬騎西南行。
翠華搖搖行復止，西出都門百餘里。
六軍不發無奈何，宛轉蛾眉馬前死。

金屋—指楊貴妃居所。
醉和春—形容醉後春情無限。
列土—劃土分封。
可憐—可羨。
驪宮—驪山華清宮。
凝絲竹—歌舞緊扣樂聲。
看不足—看不厭。
漁陽—郡名。
鼙鼓—軍中戰鼓，指戰事。
霓裳羽衣曲—舞曲名。
九重城闕—京城長安。
「千乘」句—指玄宗倉皇入蜀避難。
翠華—皇帝儀仗旗幟，裝飾有翠鳥羽毛。
六軍—指天子的軍隊。
宛轉—纏綿委屈貌。
蛾眉—此指楊貴妃。

花鈿委地無人收，翠翹金雀玉搔頭。
君王掩面救不得，回看血淚相和流。
黃埃散漫風蕭索，雲棧縈紆登劍閣。
峨嵋山下少人行，旌旗無光日色薄。
蜀江水碧蜀山青，聖主朝朝暮暮情。
行宮見月傷心色，夜雨聞鈴腸斷聲。
天旋地轉迴龍馭，到此躊躇不能去。
馬嵬坡下泥土中，不見玉顏空死處。
君臣相顧盡沾衣，東望都門信馬歸。
歸來池苑皆依舊，太液芙蓉未央柳。

花鈿—用金翠珠寶製成的花朵形首飾。
委地—丟在地上。
翠翹—形似翠鳥尾的首飾。
金雀—釵名。
玉搔頭—即玉簪。
雲棧—指棧道盤旋入雲。
縈紆—彎曲盤旋。
劍閣—劍門山。
峨眉山—此泛指蜀山。
行宮—皇帝出行時住所。
天旋地轉—指時局大變。
迴龍馭—指玄宗還京。
沾衣—指落淚。
信馬—任馬行走。
太液—漢宮裡的太液池。
未央—泛指唐代宮苑。

芙蓉如面柳如眉，對此如何不淚垂？
春風桃李花開日，秋雨梧桐葉落時。
西宮南內多秋草，落葉滿階紅不掃。
梨園子弟白髮新，椒房阿監青娥老。
夕殿螢飛思悄然，孤燈挑盡未成眠。
遲遲鐘鼓初長夜，耿耿星河欲曙天。
鴛鴦瓦冷霜華重，翡翠衾寒誰與共？
悠悠生死別經年，魂魄不曾來入夢。
臨邛道士鴻都客，能以精誠致魂魄。
為感君王輾轉思，遂教方士殷勤覓。

西宮—太極宮。
南內—興慶宮。
梨園子弟—唐玄宗時設於宮廷的歌舞藝人。
椒房—后妃居住之所。
阿監—宮內女官。
青娥—年輕的宮女。
遲遲—緩慢悠長。
耿耿—微明的樣子。
鴛鴦瓦—嵌合成對的瓦片。
翡翠衾—繡翡翠鳥的被子。
鴻都—本為洛陽宮門，此代指長安。
致—招來。
方士—研究神仙法術的人。

排空馭氣奔如電，升天入地求之遍。
上窮碧落下黃泉，兩處茫茫皆不見。
忽聞海上有仙山，山在虛無縹緲間。
樓閣玲瓏五雲起，其中綽約多仙子。
中有一人字太真，雪膚花貌參差是。
金闕西廂叩玉扃，轉教小玉報雙成。
聞道漢家天子使，九華帳裡夢魂驚。
攬衣推枕起徘徊，珠箔銀屏迤邐開。
雲髻半偏新睡覺，花冠不整下堂來。
風吹仙袂飄飄舉，猶似霓裳羽衣舞。

排空馭氣－指騰雲駕霧。
窮－窮盡。
碧落－道家稱天界為碧落。
海上仙山－傳說渤海中有蓬萊、方丈、瀛洲三神仙。
玲瓏－華美精巧。
綽約－姿態優美動人。
參差－差不多。
玉扃－玉製的門。
小玉、雙成－楊太真在仙山的侍女。
九華帳－華麗精美的帳子。
珠箔－珠簾。
迤邐開－一道一道打開。
雲髻－鬆散的髮髻。
新睡覺－剛睡醒。

玉容寂寞淚闌干，梨花一枝春帶雨。
含情凝睇謝君王，一別音容兩渺茫。
昭陽殿裡恩愛絕，蓬萊宮中日月長。
回頭下望人寰處，不見長安見塵霧。
唯將舊物表深情，鈿合金釵寄將去。
釵留一股合一扇，釵擘黃金合分鈿。
但教心似金鈿堅，天上人間會相見。
臨別殷勤重寄詞，詞中有誓兩心知。
七月七日長生殿，夜半無人私語時。
在天願作比翼鳥，在地願為連理枝。

淚闌干—淚縱橫貌。

凝睇—深情凝望。

昭陽殿—成帝寵妃趙飛燕的寢宮，此代指楊貴妃住所。

蓬萊宮—泛指仙宮。

人寰—人世間。

舊物—與玄宗定情物。

鈿合—裝珠寶的盒子。

釵留一股合一扇—金釵有兩股，留下了一股；盒子有兩片，留下了一片。

殷勤—反覆多次。

長生殿—在華清宮內。相傳玄宗與楊貴妃曾在七月七日長生殿盟誓。

比翼鳥—又名鶼鶼，相傳雌雄比翼而飛，後常用來比喻恩愛的夫妻。

天長地久有時盡，此恨綿綿無絕期。

琵琶行

白居易

【并序】元和十年，予左遷九江郡司馬。明年秋，送客湓浦口，聞船中夜彈琵琶者，聽其音，錚錚然有京都聲。問其人，本長安倡女，嘗學琵琶於穆曹二善才；年長色衰，委身為賈人婦。遂命酒，使快彈數曲，曲罷憫然。自敘少小時歡樂事，今漂淪憔悴，轉徙於江湖間。予出官二年，恬然自安。感斯人言，是夕始覺有遷謫意。因為長句，歌以贈之，凡六百一十六言，命曰琵琶行。

潯陽江頭夜送客，楓葉荻花秋瑟瑟。
主人下馬客在船，舉酒欲飲無管弦。
醉不成歡慘將別，別時茫茫江浸月。
忽聞水上琵琶聲，主人忘歸客不發。
尋聲暗問彈者誰，琵琶聲停欲語遲。

左遷—貶官，降職。
明年—第二年。
錚錚—形容金屬、玉器相擊聲。
京都聲—指唐代京城流行的曲調。
倡女—歌女。
善才—當時對曲師的通稱。
出官—京官外調。
瑟瑟—風吹楓葉荻花的聲響，形容寒冷瑟縮的樣子。
主人—詩人自指。
慘—黯然。
暗問—低聲地問。

移船相近邀相見，添酒回燈重開宴。
千呼萬喚始出來，猶抱琵琶半遮面。
轉軸撥弦三兩聲，未成曲調先有情。
弦弦掩抑聲聲思，似訴平生不得志。
低眉信手續續彈，說盡心中無限事。
輕攏慢撚抹復挑，初為霓裳後六么。
大弦嘈嘈如急雨，小弦切切如私語。
嘈嘈切切錯雜彈，大珠小珠落玉盤。
間關鶯語花底滑，幽咽泉流水下灘。
水泉冷澀弦凝絕，凝絕不通聲漸歇。

回燈—將燈重新點起。

軸—琵琶上緊弦的把手。

思—悲傷。

信手—隨手。

續續—連續不斷。

攏—撫弄。

撚—輕揉。

抹—順勢下撥。

挑—反手回撥。

霓裳、六么—樂曲名。

嘈嘈—聲音雜亂。

切切—聲音幽細瑣碎。

「大珠」句—形容聲音清脆圓潤。

間關—鳥鳴聲。

凝絕—中斷。

別有幽愁暗恨生，此時無聲勝有聲。
銀瓶乍破水漿迸，鐵騎突出刀槍鳴。
曲終收撥當心畫，四弦一聲如裂帛。
東船西舫悄無言，唯見江心秋月白。
沉吟放撥插弦中，整頓衣裳起斂容。
自言本是京城女，家在蝦蟆陵下住。
十三學得琵琶成，名屬教坊第一部。
曲罷曾教善才服，妝成每被秋娘妒。
五陵年少爭纏頭，一曲紅綃不知數。
鈿頭銀篦擊節碎，血色羅裙翻酒汙。

銀瓶—井上汲水的器具。
鳴—互相撞擊。
當心畫—用撥子在琵琶的中部劃過四弦。
裂帛—撕裂布帛的聲音。
沉吟—神情凝重。
蝦蟆陵—位於長安東南曲江附近，歌女聚居地。
教坊—唐代宮內訓練歌妓的地方。
秋娘—唐代歌女的泛稱。
五陵年少—京都富豪子弟。
纏頭—綾帛之類的禮物。
紅綃—紅色絲織品。
鈿頭銀篦—兩頭均飾有金玉花形的銀篦子。
擊節—歌唱時打拍子。

今年歡笑復明年，秋月春風等閒度。
弟走從軍阿姨死，暮去朝來顏色故。
門前冷落車馬稀，老大嫁作商人婦。
商人重利輕別離，前月浮梁買茶去。
去來江口守空船，繞船月明江水寒。
夜深忽夢少年事，夢啼妝淚紅闌干。
我聞琵琶已歎息，又聞此語重唧唧。
同是天涯淪落人，相逢何必曾相識。
我從去年辭帝京，謫居臥病潯陽城。
潯陽地僻無音樂，終歲不聞絲竹聲。

等閒—輕易、草率。
顏色故—指容顏衰老。
老大—指年紀大了。
浮梁—今江西景德鎮，唐代為茶葉集散地。
去來—走了以後。
闌干—形容眼淚縱橫流淌。
唧唧—歎息聲。
帝京—指都城長安。

住近湓江地低濕，黃蘆苦竹繞宅生。
其間旦暮聞何物？杜鵑啼血猿哀鳴。
春江花朝秋月夜，往往取酒還獨傾。
豈無山歌與村笛，嘔啞嘲哳難為聽。
今夜聞君琵琶語，如聽仙樂耳暫明。
莫辭更坐彈一曲，為君翻作琵琶行。
感我此言良久立，卻坐促弦弦轉急。
淒淒不似向前聲，滿座重聞皆掩泣。
座中泣下誰最多？江州司馬青衫濕。

湓江—指九江。
聞—聽。
杜鵑—子規鳥，啼聲哀切。
獨傾—獨飲。
嘔啞嘲哳—形容聲音雜亂刺耳。
難為聽—難以聽下去。
仙樂—形容美妙動聽如來自仙界。
卻—回到原來坐處。
促弦—擰緊絃軸。
泣下—落淚。
青衫—唐制文官八品、九品服色，泛指官職卑微。

韓碑

李商隱

元和天子神武姿，彼何人哉軒與義。
誓將上雪列聖恥，坐法宮中朝四夷。
淮西有賊五十載，封狼生貙貙生羆。
不據山河據平地，長戈利矛日可麾。
帝得聖相相曰度，賊斫不死神扶持。
腰懸相印作都統，陰風慘澹天王旗。
愬武古通作牙爪，儀曹外郎載筆隨。
行軍司馬智且勇，十四萬眾猶虎貔。
入蔡縛賊獻太廟，功無與讓恩不訾。

元和天子—指唐憲宗。
軒與義—軒轅、伏羲，代表三皇五帝。
列聖—前幾位皇帝。
法宮—君王主事的正殿。
封狼—大狼。
貙、羆—此指叛將。
日可麾—《淮南子》記載魯陽公與韓激戰，戰酣日暮，援戈而揮之，令太陽逆升。
聖相—指賢相裴度。
斫—砍殺。
都統—討伐藩領的統帥。
天王旗—皇帝儀仗用旗。
愬武古通—指李愬、韓公武、李道古、李文通等四員武將。
儀曹外郎—儀曹郎、員外郎，皆隨軍書記。
行軍司馬—指韓愈。
虎貔—猛獸，喻勇猛善戰。

帝曰汝度功第一，汝從事愈宜為辭。
愈拜稽首蹈且舞，金石刻畫臣能為。
古者世稱大手筆，此事不繫於職司。
當仁自古有不讓，言訖屢頷天子頤。
公退齋戒坐小閣，濡染大筆何淋漓。
點竄堯典舜典字，塗改清廟生民詩。
文成破體書在紙，清晨再拜鋪丹墀。
表曰臣愈昧死上，詠神聖功書之碑。
碑高三丈字如斗，負以靈鼇蟠以螭。
句奇語重喻者少，讒之天子言其私。

賊—指叛將吳元濟。
恩不訾—指聖恩無量。
度—裴度。
從事—州郡官自舉的僚屬。
辭—讚辭。
金石刻畫—為鐘鼎石碑撰寫銘文。
大手筆—善寫文告的名家。
職司—指掌管文筆的翰林院。
屢頷天子頤—使皇帝數度點頭稱讚。
點竄—運用。
清廟、生民—《詩經》篇名。
破體—指文章別具體裁。
昧死—冒死上書。
靈鼇—神話傳說中的大龜。
蟠以螭—碑上所刻盤繞的龍形飾紋。
「讒之」句—指有人在憲宗面前中傷說他偏私。

長繩百尺拽碑倒，粗沙大石相磨治。
公之斯文若元氣，先時已入人肝脾。
湯盤孔鼎有述作，今無其器存其辭。
嗚呼聖皇及聖相，相與烜赫流淳熙。
公之斯文不示後，曷與三五相攀追。
願書萬本誦萬過，口角流沫右手胝。
傳之七十有二代，
以為封禪玉檢明堂基。

磨治—磨去碑文字跡。
斯文—此文。
元氣—正直之氣。
湯盤孔鼎—成湯的盤和孔子先祖正考夫之鼎，此喻韓碑。
烜赫—顯耀。
淳熙—鮮明的光澤。
三五—三皇五帝。
書—抄寫、謄錄。
口角流沫—喻背得口沫橫飛。
胝—因過度磨擦而生厚皮。
封禪—祭天地的儀式。
玉檢—封禪書的封套。在此用為禱文的代稱。
基—明堂奠基的獻詞。

【卷二】

七古樂府

燕歌行

高適

【并序】開元二十六年，客有從御史大夫張公，出塞而還者，作燕歌行以示適，感征戍之事，因而和焉。

漢家煙塵在東北，漢將辭家破殘賊。
男兒本自重橫行，天子非常賜顏色。
摐金伐鼓下榆關，旌旆逶迤碣石間。
校尉羽書飛瀚海，單于獵火照狼山。
山川蕭條極邊土，胡騎憑陵雜風雨。
戰士軍前半死生，美人帳下猶歌舞。
大漠窮秋塞草衰，孤城落日鬥兵稀。

燕歌行—樂府舊題。多為思婦懷念征夫之意。
張公—幽州節度使張守珪。
煙塵—指寇亂。
橫行—馳騁沙場。
非常—指破格。
賜顏色—賜予榮耀。
摐金伐鼓—敲鑼打鼓。
逶迤—連綿延伸。
校尉—軍官。
羽書—緊急軍書。
單于—指敵方首領。
憑陵—仗勢欺人。
半死生—死者已占生者之半。
窮秋—秋盡。
鬥兵—指作戰的軍隊。

身當恩遇常輕敵，力盡關山未解圍。
鐵衣遠戍辛勤久，玉箸應啼別離後。
少婦城南欲斷腸，征人薊北空回首。
邊庭飄搖那可度，絕域蒼茫更何有。
殺氣三時作陣雲，寒聲一夜傳刁斗。
相看白刃血紛紛，死節從來豈顧勳。
君不見沙場征戰苦，
至今猶憶李將軍。

鐵衣－指遠征的戰士。
玉箸－喻思婦的眼淚。
城南－長安城南，當時是百姓居住處。
薊北－泛指東北邊地。
絕域－極遠的地方。
三時－早午晚，指整日。
刁斗－軍中夜裡巡更敲擊報時用的銅器。
死節－為志節而死。
勳－功勳。
李將軍－指西漢名將李廣。

古從軍行

李頎

白日登山望烽火，黃昏飲馬傍交河。
行人刁斗風沙暗，公主琵琶幽怨多。
野雲萬里無城郭，雨雪紛紛連大漠。
胡雁哀鳴夜夜飛，胡兒眼淚雙雙落。
聞道玉門猶被遮，應將性命逐輕車。
年年戰骨埋荒外，空見蒲萄入漢家。

烽火—戍邊報警的訊號。
交河—泛指塞外河流。
刁斗—古時行軍，夜晚報時或示警的用具。
公主—漢武帝以細君和番，下嫁烏孫國，製琵琶作樂以解鄉愁。
「聞道」句—漢武帝不許戰事失利的將軍回返玉門關，詩人諷帝王一意孤行。
輕車—漢代將軍名號，此泛指將領。

洛陽女兒行

王維

洛陽女兒對門居，才可容顏十五餘。
良人玉勒乘驄馬，侍女金盤膾鯉魚。
畫閣朱樓盡相望，紅桃綠柳垂簷向。
羅帷送上七香車，寶扇迎歸九華帳。
狂夫富貴在青春，意氣驕奢劇季倫。
自憐碧玉親教舞，不惜珊瑚持與人。
春窗曙滅九微火，九微片片飛花瑣。
戲罷曾無理曲時，妝成只是薰香坐。

洛陽女兒—取梁武帝蕭衍《河中之水歌》中「洛陽女兒名莫愁」語。
才可—恰好。
玉勒—玉飾的馬銜。
驄馬—青白雜毛的馬。
膾鯉魚—切細的鯉魚肉。
七香車—以七種香木為車。
寶扇—用以遮蔽的扇狀儀仗。
狂夫—行為狂放，不拘小節的人。
劇—勝過。
季倫—西晉富豪石崇字季倫，以驕奢著稱。
碧玉—汝南王妾，此指洛陽女兒。
九微—古燈名。
瑣—燈花。
理曲—練習曲子。

城中相識盡繁華，日夜經過趙李家。
誰憐越女顏如玉，貧賤江頭自浣紗。

趙李家—喻皇親貴戚之家。
越女—指西施。

老將行

王維

少年十五二十時，步行奪得胡馬騎。
射殺山中白額虎，肯數鄴下黃鬚兒。
一身轉戰三千里，一劍曾當百萬師。
漢兵奮迅如霹靂，虜騎崩騰畏蒺藜。
衛青不敗由天幸，李廣無功緣數奇。
自從棄置便衰朽，世事蹉跎成白首。
昔時飛箭無全目，今日垂楊生左肘。
路旁時賣故侯瓜，門前學種先生柳。

「少年」二句—漢名將李廣負傷裝死，待胡兒騎馬經過，躍起推下胡兒，奪馬而歸。
肯數—豈可只推。
鄴下黃鬚兒—指曹操次子曹彰，鬚黃色，性剛猛。
蒺藜—戰地用障礙物鐵蒺藜。
數奇—古人迷信單數不吉利，喻運命不好。
飛箭無全目—指射藝之精，能使飛雀雙目不全。
垂楊生左肘—指雙臂如生瘍瘤，喻無用。
故侯瓜—秦東陵侯召平在秦亡後種瓜為生，瓜味甘美。
先生柳—陶淵明棄官歸隱後，自號五柳先生。

蒼茫古木連窮巷，寥落寒山對虛牖。
誓令疏勒出飛泉，不似潁川空使酒。
賀蘭山下陣如雲，羽檄交馳日夕聞。
節使三河募年少，詔書五道出將軍。
試拂鐵衣如雪色，聊持寶劍動星文。
願得燕弓射天將，恥令越甲鳴吾君。
莫嫌舊日雲中守，猶堪一戰取功勳。

虛牖—空窗。

「誓令」句—東漢耿恭駐軍疏勒掘井祈禱得水。

「不似」句—漢將灌夫失勢後恃酒逞氣。

羽檄—緊急軍書，上插鳥羽以示加速。

節使—指持有符節的使者。

「詔書」句—朝廷下五道詔書請來五位老將軍出戰。

鐵衣—護身鎧甲。

星文—劍柄上之花紋。

燕弓—燕地出的大弓，以堅勁出名。

越甲—越國的軍隊。

鳴—此喻恐嚇。

「莫嫌」二句—漢文帝名將魏尚為雲中守，驍勇善戰，因過被削爵，後復其官職。

桃源行

王維

漁舟逐水愛山春，兩岸桃花夾古津。
坐看紅樹不知遠，行盡青溪不見人。
山口潛行始隈隩，山開曠望旋平陸。
遙看一處攢雲樹，近入千家散花竹。
樵客初傳漢姓名，居人未改秦衣服。
居人共住武陵源，還從物外起田園。
月明松下房櫳靜，日出雲中雞犬喧。
驚聞俗客爭來集，競引還家問都邑。
平明閭巷掃花開，薄暮漁樵乘水入。

逐水—順著溪水。
古津—古渡口。
隈隩—曲窄幽深。
曠望—視野開闊。
攢—聚集、簇擁。
散花竹—指到處都有花和竹林。
樵客—本指打柴人，此指漁夫。
物外—世外。
房櫳—窗戶。
俗客—指誤入桃花源的漁人。
都邑—指居民原來的家鄉。
平明—天剛亮。

初因避地去人間，及至成仙遂不還。
峽裡誰知有人事，世中遙望空雲山。
不疑靈境難聞見，塵心未盡思鄉縣。
出洞無論隔山水，辭家終擬長遊衍。
自謂經過舊不迷，安知峰壑今來變。
當時只記入山深，青溪幾度到雲林。
春來遍是桃花水，不辨仙源何處尋。

去－離開。
成仙－形容過著神仙般的生活。
不疑靈境－不信仙境。
遊衍－留連不去。
自謂－自以為。
不迷－不再迷路。
桃花水－桃花開時春雨充沛，溪水漲溢。

蜀道難

李白

噫吁戲，危乎高哉！
蜀道之難，難於上青天！
蠶叢及魚鳧，開國何茫然。
爾來四萬八千歲，始與秦塞通人煙。
西當太白有鳥道，可以橫絕峨眉巔。
地崩山摧壯士死，
然後天梯石棧相鉤連。
上有六龍回日之高標，
下有衝波逆折之回川。

噫吁戲—皆為驚嘆聲。
蠶叢、魚鳧—蜀王先祖之名。
茫然—茫昧難詳。
四萬八千歲—形容時間久遠。
太白—山名，秦嶺主峰。
鳥道—僅容鳥飛過的通道，形容山路狹窄。
天梯—上陡峰的山路。
石棧—鑿石架木而成的通道。
六龍—相傳有六龍為太陽神拉車而行。
高標—立木為記的最高處。

黃鶴之飛尚不得，猿猱欲度愁攀援。
青泥何盤盤，百步九折縈巖巒，
捫參歷井仰脅息，以手撫膺坐長歎。
問君西遊何時還，畏途巉巖不可攀。
但見悲鳥號古木，雄飛雌從繞林間。
又聞子規啼夜月，愁空山。
蜀道之難，難於上青天！
使人聽此凋朱顏。
連峰去天不盈尺，枯松倒挂倚絕壁。
飛湍瀑流爭喧豗，砯崖轉石萬壑雷。

猿猱—猿猴。
青泥—嶺名。
盤盤—形容山徑曲折。
參、井—兩星宿名，對應蜀地和秦地的分野。
脅息—屏息。
撫膺—撫胸。
號—聒噪。
子規—杜鵑鳥。
去天—離天。
喧豗—水石相擊發出的轟響。
砯—水激岩石聲。

其險也如此，
嗟爾遠道之人，胡為乎來哉？
劍閣崢嶸而崔嵬，
一夫當關，萬夫莫開。
所守或匪親，化為狼與豺。
朝避猛虎，夕避長蛇。
磨牙吮血，殺人如麻。
錦城雖云樂，不如早還家。
蜀道之難，難於上青天！
側身西望常咨嗟。

劍閣－今四川大小劍山間的棧道，唐在此設劍門關。
崔嵬－山勢高峻的樣子。

或匪親－若非可靠的親信。

猛虎、長蛇－喻叛軍凶殘作亂，百姓畏懼而避之。

錦城－錦官城，即今成都。

咨嗟－歎息。

長相思【二首·其一】

李白

長相思，在長安。
絡緯秋啼金井闌，微霜淒淒簟色寒。
孤燈不明思欲絕，捲帷望月空長歎。
美人如花隔雲端。
上有青冥之長天，下有淥水之波瀾。
天長路遠魂飛苦，夢魂不到關山難。
長相思，摧心肝。

長相思—屬樂府雜曲歌辭。
絡緯—蟋蟀。
金井闌—裝飾華麗的井闌。
簟—竹蓆。
思欲絕—形容非常思念。
捲帷—捲起窗簾。
青冥—指青雲。
淥水—清澈的水。
關山難—關山難渡。
摧—傷。

【二首·其二】

日色已盡花含煙，月明欲素愁不眠。
趙瑟初停鳳凰柱，蜀琴欲奏鴛鴦弦。
此曲有意無人傳，願隨春風寄燕然。
憶君迢迢隔青天。
昔日橫波目，今成流淚泉。
不信妾腸斷，歸來看取明鏡前。

素—形容月光皎潔。
趙瑟—相傳趙女善鼓瑟。
鳳凰柱—雕飾有鳳凰形狀的瑟柱。
「蜀琴」句—用司馬相如遊臨邛遇卓文君求愛私奔典故。
橫波目—形容女子眼神流盼。

行路難【三首・其一】

李白

金樽清酒斗十千，玉盤珍饈值萬錢。
停杯投箸不能食，拔劍四顧心茫然。
欲渡黃河冰塞川，將登太行雪滿山。
閒來垂釣碧溪上，忽復乘舟夢日邊。
行路難，行路難。
多歧路，今安在？
長風破浪會有時，直挂雲帆濟滄海。

金樽－古代盛酒的器具，以金為飾。

斗十千－一杯酒值十千錢。

投箸－丟下筷子。

「閒來」二句－當年呂尚未遇到周文王前，曾經在碧溪垂釣；伊尹為商湯所用前，夢見乘船路過太陽邊。

日邊－指京城長安。

濟－渡也。

【三首．其二】

大道如青天，我獨不得出。
羞逐長安社中兒，赤雞白狗賭梨栗。
彈劍作歌奏苦聲，曳裾王門不稱情。
淮陰市井笑韓信，漢朝公卿忌賈生。
君不見，
昔時燕家重郭隗，擁篲折節無嫌猜。
劇辛樂毅感恩分，輸肝剖膽效英才。
昭王白骨縈爛草，誰人更掃黃金臺？
行路難，歸去來！

社中兒－公子哥兒。

赤雞白狗－鬥雞走狗，一種賭博的遊戲。

曳裾王門－寄食王侯門下。

燕家重郭隗－燕昭王厚幣招賢，從郭隗開始。

擁篲折節－俯身彎腰，言謙恭以待下士。篲，掃帚。

劇辛樂毅－燕王姬平招請賢才，趙國人劇辛、魏國人樂毅為其效命。

感恩分－感謝知遇之恩。

黃金臺－燕昭王置千金於臺上，以延天下之士。

歸去來－指隱居。

【三首·其三】

有耳莫洗潁川水，有口莫食首陽蕨。
含光混世貴無名，何用孤高比雲月？
吾觀自古賢達人，功成不退皆殞身。
子胥既棄吳江上，屈原終投湘水濱。
陸機雄才豈自保？李斯稅駕苦不早。
華亭鶴唳詎可聞？上蔡蒼鷹何足道。
君不見，
吳中張翰稱達生，秋風忽憶江東行。
且樂生前一杯酒，何須身後千載名。

潁川水—相傳許由不願出仕，聞召後在此洗耳。

首陽蕨—相傳為伯夷叔齊隱餓採蕨的地方。

含光—藏起美德不外露。

殞身—捐軀而死。

「子胥」句—伍子胥忠諫，反而被吳王賜死，投入吳江。

稅駕—解駕、休息。

詎—豈可。

「華亭」二句—用陸機、李斯臨刑前感嘆，暗喻功臣之命難保。

張翰—吳人，齊王時徵召為大司馬，後思吳中遂歸，時人皆稱頌其曠達。

將進酒

李白

君不見，黃河之水天上來，奔流到海不復回。
君不見，高堂明鏡悲白髮，朝如青絲暮成雪。
人生得意須盡歡，莫使金樽空對月。
天生我材必有用，千金散盡還復來。
烹羊宰牛且為樂，會須一飲三百杯。
岑夫子，丹丘生，將進酒，杯莫停。
與君歌一曲，請君為我傾耳聽。

將進酒—漢樂府舊題。將，請。

君不見—樂府詩中提唱的常用語。

高堂—在高堂上。另譯為父母。

雪—指白髮。

金樽—精美的酒器。

會須—應該。

岑夫子、丹丘生—即岑勳、元丹丘，均李白好友。

鐘鼓饌玉不足貴，但願長醉不願醒。
古來聖賢皆寂寞，惟有飲者留其名。
陳王昔時宴平樂，斗酒十千恣歡謔。
主人何為言少錢？徑須沽取對君酌。
五花馬，千金裘，呼兒將出換美酒，
與爾同銷萬古愁。

鐘鼓饌玉—泛指豪門貴族的奢華生活。
饌玉，美好的食物。
陳王—即陳思王曹植。
平樂—平樂觀，宮殿名。
斗酒十千—一斗酒要十千錢。
恣—盡興。
歡謔—歡樂嬉笑。
徑須—乾脆，只管。
五花馬—名貴的好馬。
裘—皮衣。
將出—拿出來。
萬古愁—無窮盡的憂思。

兵車行

杜甫

車轔轔，馬蕭蕭，行人弓箭各在腰。
耶孃妻子走相送，塵埃不見咸陽橋。
牽衣頓足攔道哭，哭聲直上干雲霄。
道旁過者問行人，行人但云點行頻。
或從十五北防河，便至四十西營田。
去時里正與裹頭，歸來頭白還戍邊。
邊亭流血成海水，武皇開邊意未已。
君不聞，
漢家山東二百州，千村萬落生荊杞！

轔轔－車輪聲。

蕭蕭－馬嘶叫聲。

「塵埃」句－車馬揚起的塵土遮蔽了咸陽橋，形容人馬倉皇奔逃。

干雲霄－沖上雲霄。

點行－按丁口冊上的行次點名徵發。

防河－徵兵駐防黃河西。

營田－守邊士兵於駐紮地種田以供軍餉，即屯田。

里正－唐百戶為一里，設里長管戶口、賦役等事。

裹頭－古時男子成丁則可裹頭巾，此處指未成年故由里正替裹頭巾。

武皇－漢武帝以開疆闢土著

縱有健婦把鋤犁，禾生隴畝無東西。
況復秦兵耐苦戰，被驅不異犬與雞。
長者雖有問，役夫敢申恨？
且如今年冬，未休關西卒。
縣官急索租，租稅從何出？
信知生男惡，反是生女好。
生女猶得嫁比鄰，生男埋沒隨百草。
君不見、青海頭，古來白骨無人收。
新鬼煩冤舊鬼哭，天陰雨濕聲啾啾。

稱，此暗指唐玄宗窮兵黷武造成天下大亂。

荊杞—荊棘，喻田園荒蕪。

健婦—身強力壯的婦女。

隴—耕地上的田埂。

無東西—行列不齊。

長者—即道旁問者。

未休關西卒—來自關西的士兵不得回家休整。

信知—真的知道。

惡—不吉利。

隨百草—指葬身在沙場，埋於荒草間。

青海頭—青海湖邊。

啾啾—鬼哭聲。

麗人行

杜甫

三月三日天氣新，長安水邊多麗人。

態濃意遠淑且真，肌理細膩骨肉勻。

繡羅衣裳照暮春，蹙金孔雀銀麒麟。

頭上何所有？翠微㔩葉垂鬢脣。

背後何所見？珠壓腰衱穩稱身。

就中雲幕椒房親，賜名大國虢與秦。

紫駝之峰出翠釜，水精之盤行素鱗。

犀箸饜飫久未下，鸞刀縷切空紛綸。

黃門飛鞚不動塵，御廚絡繹送八珍。

三月三日—農曆三月初三是上巳日，古人到水邊祭祀以除災祈福，順道出門踏青。

態濃意遠—體態豐腴，情意高遠。

「蹙金」句—用金銀線繡上孔雀和麒麟。

翠微—薄薄的翡翠。

㔩葉—婦人頭上的花髻朵飾。

珠壓腰衱—珍珠綴飾腰帶。

稱身—合身。

椒房親—指外戚得勢。

虢與秦—楊貴妃的姐姐虢國夫人和秦國夫人。

紫駝之峰—指珍貴食物。

水精之盤—水晶盤。

素鱗—鮮魚。

犀箸—犀角做的筷子。

饜飫—飽食吃不下。

鸞刀—裝飾有鑾鈴的菜刀。

簫鼓哀吟感鬼神，賓從雜遝實要津。
後來鞍馬何逡巡，當軒下馬入錦茵。
楊花雪落覆白蘋，青鳥飛去銜紅巾。
炙手可熱勢絕倫，慎莫近前丞相嗔！

縷切—切絲。
空紛綸—白忙一場。
黃門—宦官的通稱。
飛鞚—騎著快馬。鞚，馬勒。
八珍—八種名貴的食品。
要津—重要的職位。
後來鞍馬—最後騎馬到的人，指楊國忠。
逡巡—顧盼自得的樣子。
「楊花」二句—暗指楊國忠與虢國夫人有男女情事。
炙手可熱—指氣燄甚高的當權者。
嗔—發脾氣。

哀江頭

杜甫

少陵野老吞聲哭，春日潛行曲江曲。
江頭宮殿鎖千門，細柳新蒲為誰綠。
憶昔霓旌下南苑，苑中景物生顏色。
昭陽殿裡第一人，同輦隨君侍君側。
輦前才人帶弓箭，白馬嚼齧黃金勒。
翻身向天仰射雲，一箭正墜雙飛翼。
明眸皓齒今何在，血汙遊魂歸不得。
清渭東流劍閣深，去住彼此無消息。
人生有情淚沾臆，江水江花豈終極？

少陵野老—杜甫自稱。
吞聲哭—暗自飲泣。
江頭宮殿—曲江邊的宮殿，供帝妃遊幸。
霓旌—皇帝儀仗用的旌旗。
南苑—芙蓉苑，在曲江南。
昭陽殿—漢趙飛燕居處。
第一人—最美最得寵的人，指楊貴妃。
輦—天子車駕。
才人—隨侍的女官。
齧—咬。
黃金勒—以黃金為馬銜。
「血汙」句—指楊貴妃縊死馬嵬驛一事。

黃昏胡騎塵滿城，欲往城南望城北。

胡騎—指叛亂的安祿山軍隊。

「欲往」句—肅宗即位靈武，在長安之北，望王師北來收復京都。

哀王孫

杜甫

長安城頭頭白烏，夜飛延秋門上呼。
又向人家啄大屋，屋底達官走避胡。
金鞭斷折九馬死，骨肉不待同馳驅。
腰下寶玦青珊瑚，可憐王孫泣路隅。
問之不肯道姓名，但道困苦乞為奴。
已經百日竄荊棘，身上無有完肌膚。
高帝子孫盡隆準，龍種自與常人殊。
豺狼在邑龍在野，王孫善保千金軀。
不敢長語臨交衢，且為王孫立斯須。

頭白烏—白頭烏鴉，以喻禍亂的徵兆。
延秋門—唐長安禁苑西門，玄宗曾由此出逃。
避胡—躲避安祿山軍。
九馬—喻天子的車騎。
「骨肉」句—指玄宗急於出奔，竟棄王孫於長安。
玦—環形有缺口的玉珮。
王孫—皇室後裔。
但道—只說。
竄荊棘—在荊棘中四處竄逃，比喻處境艱難。
「高帝」二句—借漢喻唐，寫王孫具有皇族特徵。高帝指漢高祖。
隆準—高鼻貌，指帝王之相。
「豺狼」句—指安祿山在洛陽稱帝，唐玄宗出奔在蜀。

昨夜東風吹血腥，東來橐駝滿舊都。
朔方健兒好身手，昔何勇銳今何愚。
竊聞天子已傳位，聖德北服南單于。
花門剺面請雪恥，慎勿出口他人狙。
哀哉王孫慎勿疏，五陵佳氣無時無。

交衢—交通要道。
斯須—須臾片刻。
橐駝—駱駝。
舊都—此指長安，因肅宗此時已在靈武即位。
「朔方健兒」二句—指哥舒翰軍隊勇猛善戰，何以大敗安祿山軍。
花門—回紇的別稱。
剺面—古代有某些少數民族割面流血，以示忠誠。
「慎勿」句—慎防為賊人耳聞而受傷害。
「五陵」句—唐宗室陵墓間鬱鬱蔥蔥之氣，意謂隨時都有中興的希望。

【卷三】

五言律詩

經鄒魯祭孔子而歎之

唐玄宗

夫子何為者？栖栖一代中。
地猶鄹氏邑，宅即魯王宮。
歎鳳嗟身否，傷麟怨道窮。
今看兩楹奠，當與夢時同。

魯—指春秋魯國都城，今山東曲阜。

夫子—指孔子。

栖栖—忙碌不安。

鄹氏邑—鄹邑，孔子故鄉。

魯王—魯恭王，曾欲以孔子宅擴為宮室。

歎鳳—嗟嘆鳳鳥不至。

否—不順利。

傷麟—哀麒麟被捕獲而死。

兩楹奠—殷制，人死後靈柩停放於兩楹之間。兩楹，即殿堂柱子中間。楹，殿堂的柱子。

望月懷遠

張九齡

海上生明月，天涯共此時。
情人怨遙夜，竟夕起相思。
滅燭憐光滿，披衣覺露滋。
不堪盈手贈，還寢夢佳期。

竟夕—整夜。
光—此指月光。
不堪—不能。
還寢—回去夢中。
佳期—指相會之期。

送杜少府之任蜀州

王勃

城闕輔三秦，風煙望五津。
與君離別意，同是宦遊人。
海內存知己，天涯若比鄰。
無為在歧路，兒女共沾巾。

少府－唐朝對縣尉的通稱。
城闕－京城長安。
輔三秦－以三秦（今陝西地區）為外圍。
五津－長江五處渡口。
宦遊－到外地做官。
「無為」二句－在岔路口分道揚鑣時，不要像小兒女似的哭哭啼啼。

在獄詠蟬【并序】

駱賓王

余禁所禁垣西，是法廳事也，有古槐數株焉。雖生意可知，同殷仲文之古樹；而聽訟斯在，即周召伯之甘棠。每至夕照低陰，秋蟬疏引，發聲幽息，有切嘗聞。豈人心異於曩時，將蟲響悲於前聽？嗟乎，聲以動容，德以像賢。故潔其身也，稟君子達人之高行；蛻其皮也，有仙都羽化之靈姿。候時而來，順陰陽之數；應節為變，審藏用之機。有目斯開，不以道昏而昧其視；有翼自薄，不以俗厚而易其真。吟喬樹之微風，韻姿天縱；飲高秋之墜露，清畏人知。僕失路艱虞，遭時徽纆。不哀傷而自怨，未搖落而先衰。聞蟪蛄之流聲，悟平反之已奏；見螳螂之抱影，怯危機之未安。感而綴詩，貽諸知己。庶情沿物應，哀弱羽之飄零；道寄人知，憫餘聲之寂寞。非謂文墨，取代幽憂云爾。

西陸蟬聲唱，南冠客思侵。
不堪玄鬢影，來對白頭吟。
露重飛難進，風多響易沉。
無人信高潔，誰為表予心？

「雖生意」二句—東晉殷仲文，見大司馬桓溫府中老槐樹，歎曰：「此樹婆娑，無復生意。」自歎不得志。
「而聽訟」二句—周代召伯巡行，聽民間之訟而不煩勞百姓，在甘棠下斷案，後人因相戒不要損傷此樹。
曩時—前些時候。
將—抑或。
徽纆—被囚禁之意。
綴時—成時。
西陸—秋天。
南冠—南方楚人的頭冠，借指囚犯。
玄鬢—黑色蟬翼。這裡比喻自己正當盛年。

和晉陵陸丞早春遊望

杜審言

獨有宦遊人，偏驚物候新。
雲霞出海曙，梅柳渡江春。
淑氣催黃鳥，晴光轉綠蘋。
忽聞歌古調，歸思欲沾巾。

和－用詩應答。
晉陵－今江蘇常州。
陸丞－作者的友人，不詳其名。
宦遊人－離家作官的人。
物候－景物氣候。
渡江春－春色由江南渡延至江北。
淑氣－暖和的氣候。
蘋－水草名。
古調－指陸丞作的調子。

雜詩

沈佺期

聞道黃龍戍，頻年不解兵。
可憐閨裡月，長在漢家營。
少婦今春意，良人昨夜情。
誰能將旗鼓，一為取龍城？

聞道—聽說。
黃龍戍—今遼寧開原縣西北，此指邊地。
頻年—連年。
解兵—撤軍休戰。
閨裡月—指閨中看到的月亮。
今春意—此刻的相思。
昨夜情—昔日別離之情。
一為—一舉。
龍城—在今蒙古境內，這裡借指敵方要境。

題大庾嶺北驛

宋之問

陽月南飛雁，傳聞至此回。
我行殊未已，何日復歸來？
江靜潮初落，林昏瘴不開。
明朝望鄉處，應見隴頭梅。

大庾嶺—五嶺之一，古人以此為南北分界，有北雁南飛至此不過嶺南的傳說。

陽月—農曆十月。

此—指回雁峰。相傳雁南飛至此不過，遇春而北回。

瘴—瘴氣。

隴頭梅—大庾嶺上早開的梅花。

次北固山下

王灣

客路青山外，行舟綠水前。
潮平兩岸闊，風正一帆懸。
海日生殘夜，江春入舊年。
鄉書何處達？歸雁洛陽邊。

次－在旅行中停留。
北固山－在今江蘇鎮江以北，三面臨水。
風正－好風正順。
「海日」二句－意指日復一日，年復一年，有感於歲月之蹉跎。
歸雁－北返的雁，亦指書信。

題破山寺後禪院

常建

清晨入古寺，初日照高林。
曲徑通幽處，禪房花木深。
山光悅鳥性，潭影空人心。
萬籟此俱寂，惟餘鐘磬音。

破山—在今江蘇常熟。
寺—指興福寺。
初日—旭日。
高林—佛家稱僧眾聚居處為「叢林」，此處用「高林」有稱頌意味。
深—茂密。
悅—逗娛。
空—排空。
磬—僧人念經時時擊之以發聲的缽形器。

寄左省杜拾遺

岑參

聯步趨丹陛，分曹限紫微。
曉隨天仗入，暮惹御香歸。
白髮悲花落，青雲羨鳥飛。
聖朝無闕事，自覺諫書稀。

左省—門下省。
杜拾遺—即杜甫。
聯步—兩人同行。
趨—小步疾行，以示恭敬。
丹陛—紅漆殿階，此指朝廷。
分曹—分班治事的官署。
紫微—唐中書省多植紫微花，故稱中書省為紫微省。
天仗—朝衛的儀仗。
惹—沾染。
御香—皇宮的爐香。
闕事—補闕和拾遺都是諫官，闕事指錯失。

贈孟浩然

李白

吾愛孟夫子，風流天下聞。
紅顏棄軒冕，白首臥松雲。
醉月頻中聖，迷花不事君。
高山安可仰？徒此挹清芬。

夫子—對男子的敬稱。
風流—飄逸瀟灑、風采高華。
紅顏—年少。
軒冕—指官爵。
中聖—酒徒，此指喝醉。
清芬—形容高風亮節。

渡荊門送別

李白

渡遠荊門外，來從楚國遊。
山隨平野盡，江入大荒流。
月下飛天鏡，雲生結海樓。
仍憐故鄉水，萬里送行舟。

荊門－山名，位於今湖北省宜都縣西北長江南岸，與北岸虎牙山對峙，自古有楚蜀咽喉之稱。
大荒－廣袤的原野。
海樓－海市蜃樓。
仍－頻頻。
故鄉水－指長江水。

送友人

李白

青山橫北郭，白水繞東城。
此地一為別，孤蓬萬里征。
浮雲遊子意，落日故人情。
揮手自茲去，蕭蕭班馬鳴。

郭－外城。
蓬－蓬草枯後隨風飛飄，此喻遊子離人。
茲－此。
蕭蕭－馬鳴聲。
班馬－離群的馬。這裡指載人離去的馬。

聽蜀僧濬彈琴

李白

蜀僧抱綠綺，西下峨眉峰。
為我一揮手，如聽萬壑松。
客心洗流水，餘響入霜鐘。
不覺碧山暮，秋雲暗幾重。

蜀僧濬—蜀地一位名濬的僧人。
綠綺—琴名。
揮手—彈琴。
流水—喻琴聲悠揚。
餘響—指琴的餘音。
霜鐘—寺院鐘鳴。

夜泊牛渚懷古

牛渚西江夜，青天無片雲。
登舟望秋月，空憶謝將軍。
余亦能高詠，斯人不可聞。
明朝挂帆席，楓葉落紛紛。

李白

牛渚—山名，今安徽當塗境內長江邊，相傳李白捉月溺斃江中亦在此。
謝將軍—引晉謝尚與友人秋夜泛舟吟詠的故事，以喻才士的逢遇。
「斯人」句—指像這樣的人再也找不到了。
挂帆—揚帆而去。

月夜

今夜鄜州月，閨中只獨看。
遙憐小兒女，未解憶長安。
香霧雲鬟濕，清輝玉臂寒。
何時倚虛幌，雙照淚痕乾。

杜甫

鄜州－今陝西富縣。杜甫為避安史之亂，曾攜家小居住在縣城西北的村子裡。

閨中－女子所住的內室，在此借指杜甫的妻子。

香霧－月夜的霧氣。

雲鬟－形容女子烏黑的頭髮。

虛幌－透明的薄幔。

雙照－照著我倆，與「獨看」首尾呼應。

春望

杜甫

國破山河在，城春草木深。
感時花濺淚，恨別鳥驚心。
烽火連三月，家書抵萬金。
白頭搔更短，渾欲不勝簪。

國破—都城淪陷。國，國都，指長安。
「感時」句—因感念時事，看花也不免愴然淚下。
抵—值得，頂得上。
搔—抓。
「渾欲」句—言白髮稀疏，簡直插不上髮簪。

春宿左省

杜甫

花隱掖垣暮，啾啾棲鳥過。
星臨萬戶動，月傍九霄多。
不寢聽金鑰，因風想玉珂。
明朝有封事，數問夜如何？

宿—值夜。
左省—即左拾遺所屬的門下省，因在東，故稱「左省」。
掖垣—朝廷的門下與中書省。因位於宮牆兩邊，像人的兩腋，故名。
九霄—在此指高聳入雲的宮殿。
金鑰—宮門的鎖鑰。
玉珂—馬上的勒飾，此指門上的風鈴。
封事—奏章。
「數問」句—屢屢追問現在是夜裡什麼時候了。

至德二載，甫自京金光門出，問道歸鳳翔。乾元初，從左拾遺移華州掾，與親故別，因出此門，有悲往事

杜甫

此道昔歸順，西郊胡正繁。
至今殘破膽，應有未招魂。
近侍歸京邑，移官豈至尊。
無才日衰老，駐馬望千門。

金光門—長安外郭城西面三門，中曰金光門。
歸—投奔。
鳳翔—今陝西鳳翔縣。
掾—此指華州司功參軍之職。
此道—指金光門那條道路。
歸順—指逃脫叛軍歸鳳翔，投奔肅宗。
胡—指安史叛軍。
未招魂—喪落而未被招回的魂魄。
移官—指貶華州。
豈至尊—難道是天子的意旨嗎？
千門—指宮中，形容建築宏偉，門戶無數。

月夜憶舍弟

杜甫

戍鼓斷人行，邊秋一雁聲。
露從今夜白，月是故鄉明。
有弟皆分散，無家問死生。
寄書長不達，況乃未休兵。

舍弟－謙稱自己的弟弟。
戍鼓－戍樓上的更鼓。
斷人行－指鼓聲響起後就開始宵禁。
長－一直。
況乃－何況是。

天末懷李白

涼風起天末，君子意如何？
鴻雁幾時到，江湖秋水多。
文章憎命達，魑魅喜人過。
應共冤魂語，投詩贈汨羅。

杜甫

天末—天際。
君子—指李白。
鴻雁—代指訊息。
「文章」句—文才出衆的人，命中總是多磨難。
魑魅—鬼怪。代指小人。
冤魂—此指屈原。
汨羅—今湖南湘陰，屈原投水處。

奉濟驛重送嚴公四韻

杜甫

遠送從此別，青山空復情。
幾時杯重把，昨夜月同行。
列郡謳歌惜，三朝出入榮。
江村獨歸處，寂寞養殘生。

奉濟驛—在成都東北的綿陽縣。
嚴公—嚴武。曾兩度為劍南節度使。
「遠送」二句—言斯人遠去，惟留青山在此，離情依依。
月同行—月下同行。
列郡—指東西兩川屬邑。
惜—惜別。
三朝—指玄、肅、代宗三朝。
出入榮—指嚴武不管出守外郡或入處朝廷，都身居高位。
江村—指成都浣花溪邊的草堂。
獨歸處—指詩人獨自歸去。
殘生—餘生。

別房太尉墓

杜甫

他鄉復行役，駐馬別孤墳。
近淚無乾土，低空有斷雲。
對棋陪謝傅，把劍覓徐君。
唯見林花落，鶯啼送客聞。

房太尉—房琯。

復行役—一再奔走。

孤墳—指房琯的墳。

「對棋」句—比喻房琯有謝安之風，臨大敵仍下棋若定。

「把劍」句—春秋吳國人季札，聘晉過徐國，心知徐君愛其寶劍，待他回來時，徐君已去世，於是解劍掛在徐君墳前而去。

此處有知音難覓之意。

旅夜書懷

杜甫

細草微風岸，危檣獨夜舟。
星垂平野闊，月湧大江流。
名豈文章著，官應老病休。
飄飄何所似，天地一沙鷗。

岸－指江岸邊。
危檣－高豎的桅杆。
獨夜舟－是說自己一個人孤零零的夜泊江邊。
大江－指長江。
老病休－因年老衰病而離職。

登岳陽樓

杜甫

昔聞洞庭水，今上岳陽樓。
吳楚東南坼，乾坤日夜浮。
親朋無一字，老病有孤舟。
戎馬關山北，憑軒涕泗流。

岳陽樓—即岳陽城西門樓，下臨洞庭湖。
洞庭水—即洞庭湖，在今湖南省北部，長江南岸。
吳楚—泛指華中地區。
坼—分裂。
無一字—音訊全無。
「戎馬」句—指中原仍有戰事。
軒—窗。

輞川閒居贈裴秀才迪

王維

寒山轉蒼翠，秋水日潺湲。
倚杖柴門外，臨風聽暮蟬。
渡頭餘落日，墟里上孤煙。
復值接輿醉，狂歌五柳前。

輞川—水名，在今陝西終南山下。
裴迪—詩人，王維的好友。
潺湲—水緩緩流動的聲音。
墟里—村落。
值—遇到。
接輿—春秋時楚國隱士，此喻裴迪。
五柳—晉代文學家陶淵明，自號五柳先生，此作者自喻。

山居秋暝

王維

空山新雨後，天氣晚來秋。
明月松間照，清泉石上流。
竹喧歸浣女，蓮動下漁舟。
隨意春芳歇，王孫自可留。

浣女—洗衣女。
春芳—青草。
王孫—對他人的尊稱。

歸嵩山作

王維

清川帶長薄，車馬去閒閒。

流水如有意，暮禽相與還。

荒城臨古渡，落日滿秋山。

迢遞嵩高下，歸來且閉關。

嵩山－五嶽中的中嶽。

帶－圍繞。

長薄－草木交錯茂密。

閒閒－從容的樣子。

暮禽－歸鳥。

相與－相互作伴。

荒城－荒涼的城郭。

迢遞－遙遠的樣子。

嵩高－即嵩山。

閉關－閉門謝客。

終南山

王維

太乙近天都，連山接海隅。
白雲回望合，青靄入看無。
分野中峰變，陰晴眾壑殊。
欲投人處宿，隔水問樵夫。

太乙—又名太一。唐人每稱終南，一名太一。
天都—天帝居處。這裡指帝都長安。
海隅—海邊。
入看—近看。
分野—大地按星辰位置畫分的區域。
壑—山谷。
人處—有人煙處。

酬張少府

王維

晚年惟好靜，萬事不關心。
自顧無長策，空知返舊林。
松風吹解帶，山月照彈琴。
君問窮通理，漁歌入浦深。

酬—回贈。
張少府—當指詩人張九齡。
自顧—自念。
長策—高明的本領。
空—徒然。
解帶—寬衣解帶，閒適自在。
窮通理—指升官發財之道。
浦—水濱。

過香積寺

王維

不知香積寺，數里入雲峰。
古木無人徑，深山何處鐘。
泉聲咽危石，日色冷青松。
薄暮空潭曲，安禪制毒龍。

過－過訪。
香積寺－長安城外寺名。
曲－水邊。
安禪－調理身心入於禪定。
毒龍－喻心機妄念。

送梓州李使君

王維

萬壑樹參天，千山響杜鵑。
山中一夜雨，樹杪百重泉。
漢女輸橦布，巴人訟芋田。
文翁翻教授，不敢倚先賢。

梓州—隋唐州名，治所在今四川三臺。
李使君—李叔明。
杜鵑—鳥名。
杪—樹梢。
百重泉—指樹梢上掛滿了水珠，像百道泉水。
「漢女」二句—婦女織橦布作為稅捐，男人為芋田爭訟。
橦布，橦木花織成的布。
翁—指李使君。
翻—幡然改變。
教授—教育。

漢江臨眺

王維

楚塞三湘接，荊門九派通。
江流天地外，山色有無中。
郡邑浮前浦，波瀾動遠空。
襄陽好風日，留醉與山翁。

楚塞－楚國的邊界。
三湘－湘水總稱。
九派－指長江九條支流。
郡邑－州城，此指襄陽。
浦－近岸的寬闊水面。
山翁－晉代山簡，字季倫，曾任征南將過訪軍，鎮守襄陽。性嗜酒，飲輒大醉。後世詩詞中常用為作者自況，或借指嗜酒的朋友。此指孟浩然。

終南別業

中歲頗好道，晚家南山陲。
興來每獨往，勝事空自知。
行到水窮處，坐看雲起時。
偶然值林叟，談笑無還期。

王維

終南別業—指輞川別墅，王維晚年隱居的地方。
中歲—中年。
道—佛理。
家—住。
勝事—快意之事。
值—遇到。
林叟—山林間的老人。

望洞庭湖贈張丞相

孟浩然

八月湖水平，涵虛混太清。
氣蒸雲夢澤，波撼岳陽城。
欲濟無舟楫，端居恥聖明。
坐觀垂釣者，徒有羨魚情。

張丞相－張九齡。唐玄宗時宰相，後貶為荊州長史。
涵虛－指天空倒映在水中。
太清－天空。
雲夢澤－雲夢大澤，位於江漢平原，為諸侯畋獵之所。
濟－渡河。
端居－安居。
恥－有愧於。
聖明－指英明的君主。
徒－只能。
羨魚情－羨人得魚的心情。比喻雖有願望，但無實際行動，也無濟於事。

與諸子登峴山

孟浩然

人事有代謝，往來成古今。
江山留勝跡，我輩復登臨。
水落魚梁淺，天寒夢澤深。
羊公碑字在，讀罷淚沾襟。

峴山－一名峴首山，在今湖北省襄陽縣南。
代謝－交替變化。
勝跡－此指峴山。
魚梁－順水勢設障孔以捕魚之處。
夢澤－指雲夢澤。
羊公碑－即峴山上之墮淚碑。晉羊祜鎮守襄陽，常登臨賞景飲酒。

清明日宴梅道士房

孟浩然

林臥愁春盡，開軒覽物華。
忽逢青鳥使，邀入赤松家。
金竈初開火，仙桃正發花。
童顏若可駐，何惜醉流霞。

梅道士—孟浩然友人。
林臥—林下高臥。指隱居。
物華—風光、景色。
青鳥使—仙使。
赤松—赤松子，古神仙名，此指梅道士。
金竈—煉丹之爐。
仙桃—西王母的仙桃，曾以玉盤承送漢武帝。這裡借指梅道士的桃樹。
駐—保持。
流霞—仙酒名。

歲暮歸南山

孟浩然

北闕休上書，南山歸敝廬。
不才明主棄，多病故人疏。
白髮催年老，青陽逼歲除。
永懷愁不寐，松月夜窗虛。

歲暮—年終。
北闕—朝廷奏事處，在皇宮北面的門樓。後因用作朝廷的別稱。
休上書—停進奏章。
敝廬—破舊的居處。
不才—不成材，作者自謙之詞。
疏—疏遠。
青陽—春天。
歲除—年終。

過故人莊

孟浩然

故人具雞黍，邀我至田家。
綠樹村邊合，青山郭外斜。
開軒面場圃，把酒話桑麻。
待到重陽日，還來就菊花。

過－造訪。
故人－老朋友。
雞黍－待客的酒菜。
合－環繞。
郭－外城。
場圃－農家種蔬果或收放農作物的地方。後亦泛指庭園。
桑麻－指農作物。
還－返。
就－近，此指欣賞。

秦中感秋寄遠上人

孟浩然

一丘嘗欲臥，三徑苦無資。
北土非吾願，東林懷我師。
黃金燃桂盡，壯志逐年衰。
日夕涼風至，聞蟬但益悲。

秦中—此指長安。
遠上人—上人是對僧人的敬稱，遠是法號。
一丘—即一丘一壑，意指隱居山林。
臥—居住，此指歸隱。
三徑—指退隱所住的家園。
北土—秦中。
東林—晉代高僧慧遠居所，此指遠上人的居寺。
「黃金」句—指生活費用高，處境窘困。

宿桐廬江寄廣陵舊遊

孟浩然

山暝聽猿愁，滄江急夜流。
風鳴兩岸葉，月照一孤舟。
建德非吾土，維揚憶舊遊。
還將兩行淚，遙寄海西頭。

桐廬江—即桐江，在今浙江省桐廬縣境。
廣陵—今江蘇揚州。
暝—黃昏。
滄江—指桐廬江。
建德—在桐江上游。
維揚—揚州的別稱。
海西頭—東海之西，指廣陵。

留別王侍御維

孟浩然

寂寂竟何待，朝朝空自歸。
欲尋芳草去，惜與故人違。
當路誰相假，知音世所稀。
只應守寂寞，還掩故園扉。

王侍御維—即王維。唐代將殿中侍御史、監察御史均稱為侍御。
寂寂—孤單、冷落。
尋芳草—指隱居鄉間。
「惜與」句—只因要與你分手而感到遺憾。
當路—當權者。
相假—相互幫助。

早寒江上有懷

孟浩然

木落雁南渡，北風江上寒。
我家襄水曲，遙隔楚雲端。
鄉淚客中盡，孤帆天際看。
迷津欲有問，平海夕漫漫。

木落—樹葉黃落。
家—住。
鄉淚—思鄉的眼淚。
津—渡口。
平海—廣闊的江面。

秋日登吳公臺上寺遠眺

劉長卿

古臺搖落後，秋入望鄉心。
野寺人來少，雲峰水隔深。
夕陽依舊壘，寒磬滿空林。
惆悵南朝事，長江獨至今。

古臺—指吳公臺，在今江蘇省江都縣。
搖落—零落、凋殘。
舊壘—舊時的防禦軍壘。吳公臺本為陳將吳明徹重築的弩臺。
寒磬—清冷的磬聲。
南朝事—吳公臺原為南朝沈慶所築，陳將吳明徹重修。

送李中丞歸漢陽別業

劉長卿

流落征南將，曾驅十萬師。
罷歸無舊業，老去戀明時。
獨立三邊靜，輕生一劍知。
茫茫江漢上，日暮欲何之。

中丞—御史台之長官。
征南將—指李中丞，曾任征南將軍。
驅—帶領。
罷歸—罷官歸鄉。
明時—對自己所處時代的美稱。
三邊—幽、幷、涼三州，此代指邊地。
輕生—不畏死亡。
何之—往何處去。

餞別王十一南遊

劉長卿

望君煙水闊，揮手淚沾巾。
飛鳥沒何處，青山空向人。
長江一帆遠，落日五湖春。
誰見汀洲上，相思愁白蘋。

王十一—名不詳，排行十一。
煙水—茫茫的水面。
沒—消失。
空向人—枉向人，意謂徒增相思。
五湖—太湖的別稱。
汀洲—水中的沙洲。
白蘋—水中浮草。

尋南溪常山道人隱居

劉長卿

一路經行處，莓苔見屐痕。
白雲依靜渚，春草閉閒門。
過雨看松色，隨山到水源。
溪花與禪意，相對亦忘言。

莓苔—苔蘚。
屐痕—足跡。
渚—水中的小洲。
閒門—空門。
忘言—意趣超出言語之外。

新年作

劉長卿

鄉心新歲切，天畔獨潸然。
老至居人下，春歸在客先。
嶺猿同旦暮，江柳共風煙。
已似長沙傅，從今又幾年。

鄉心—思鄉之情。
潸然—流淚的樣子。
居人下—處於作客的地位。
客—詩人自稱。
嶺—指五嶺。作者時貶潘州南巴過此嶺。
長沙傅—西漢文帝時，賈誼受讒被貶長沙王太傅，後代指飄泊失意的士人。

送僧歸日本

錢起

上國隨緣住，來途若夢行。
浮天滄海遠，去世法舟輕。
水月通禪寂，魚龍聽梵聲。
惟憐一燈影，萬里眼中明。

上國—春秋時稱中原為上國，這裡指中國。
來途—指從日本來中國。
去世—遠離塵世，此謂離開中國。
法舟—僧人所乘的船。
水月—佛教用語，比喻僧人品格清美。
禪寂—悟道時清寂的心境。
梵聲—誦經聲。
一燈—既指舟燈，也指禪燈。比喻智慧。

谷口書齋寄楊補闕

錢起

泉壑帶茅茨，雲霞生薜帷。
竹憐新雨後，山愛夕陽時。
閒鷺棲常早，秋花落更遲。
家僮掃蘿徑，昨與故人期。

谷口—古地名，在今陝西涇陽縣北。
補闕—官名，職責是向皇帝規諫。
茅茨—茅屋。
薜帷—如帷幕般的薜荔。
蘿徑—長滿攀藤植物的幽徑。
昨—先前。

淮上喜會梁川故人

韋應物

江漢曾為客，相逢每醉還。
浮雲一別後，流水十年間。
歡笑情如舊，蕭疏鬢已斑。
何因北歸去？淮上對秋山。

浮雲—喻聚散無定。
流水—喻歲月如流。
蕭疏—稀少。
斑—花白。
淮上—淮水之上。

賦得暮雨送李冑

韋應物

楚江微雨裡，建業暮鐘時。
漠漠帆來重，冥冥鳥去遲。
海門深不見，浦樹遠含滋。
相送情無限，沾襟比散絲。

賦得暮雨—分題賦詩，分列的題目是「暮雨」，故稱。
李冑—一作李曹。其人不可考。
楚江—指長江。
建業—今江蘇南京。
漠漠—水氣浩渺的樣子。
海門—長江入海處。
滋—潤澤。
「沾襟」句—打濕衣襟，此處兼指雨和淚。
散絲，指細雨，這裡喻流淚。

酬程延秋夜即事見贈

韓翃

長簟迎風早，空城澹月華。
星河秋一雁，砧杵夜千家。
節候看應晚，心期臥亦賒。
向來吟秀句，不覺已鳴鴉。

程延——一作程近，其人不詳。
簟——本為竹蓆，此指竹枝。
空——形容秋天清虛景象。
砧杵——搗衣石和搗衣棒。
期——期約。
臥亦賒——睡得遲。
向來——剛才。
秀句——指程延「秋夜即事」詩。
鳴鴉——指黎明時烏鴉啼噪。

闕題

劉眘虛

道由白雲盡，春與青溪長。
時有落花至，遠隨流水香。
閒門向山路，深柳讀書堂。
幽映每白日，清輝照衣裳。

闕—通「缺」。因此詩原題在流傳過程中遺失，後人在編詩時以「闕題」為名。
閒門—指門前清幽，俗客不至。
向山路—朝山的小路。
深柳—柳蔭深處。
每—每當。
清輝—日光。

江鄉故人偶集客舍

戴叔倫

天秋月又滿，城闕夜千重。
還作江南會，翻疑夢裡逢。
風枝驚暗鵲，露草覆寒蛩。
羈旅長堪醉，相留畏曉鐘。

偶集－偶然與同鄉聚會。
天秋－天行秋肅之氣。
千重－層層疊疊，形容夜色濃重。
江南會－指與江南故人聚會。
翻－反而。
寒蛩－深秋的蟋蟀。
羈旅－作客途中。
曉鐘－報曉的鐘聲。

李端公

盧綸

故關衰草遍，離別正堪悲。
路出寒雲外，人歸暮雪時。
少孤為客早，多難識君遲。
掩泣空相向，風塵何所期？

李端—作者友人。
故關—故園。
「路出」句—意指李端欲去之路伸向雲天外，寫其遙遠漫長。
少孤—少時喪父。
為客早—早年就作客在外。
掩泣—掩面而泣。
「風塵」句—意指在動亂年代，不知後會何期。

喜見外弟又言別

李益

十年離亂後，長大一相逢。
問姓驚初見，稱名憶舊容。
別來滄海事，語罷暮天鐘。
明日巴陵道，秋山又幾重？

外弟—表弟。
言別—話別。
別來—指分別十年以來。
滄海事—形容世事變化很大。
暮天鐘—黃昏寺院的鳴鐘。
巴陵道—即岳州，今湖南省岳陽市。

雲陽館與韓紳宿別

司空曙

故人江海別，幾度隔山川。
乍見翻疑夢，相悲各問年。
孤燈寒照雨，深竹暗浮煙。
更有明朝恨，離杯惜共傳。

雲陽－縣名，在今陝西涇陽縣西北。
韓紳－疑為韓愈四叔。
宿別－同宿後又分別。
江海－指上次的分別地。
乍－突然。
翻－反而。
年－歲數。
恨－指離愁別恨。
離杯－餞別之酒。
共傳－相互舉杯。

喜外弟盧綸見宿

靜夜四無鄰，荒居舊業貧。
雨中黃葉樹，燈下白頭人。
以我獨沉久，愧君相見頻。
平生自有分，況是蔡家親。

司空曙

盧綸—司空曙的表弟。

見宿—留下住宿。

荒居—住所偏僻窮困。

以—因。

沉—沉淪。

分—緣分。

蔡家親—典出《晉書》。羊祜是蔡邕的外孫，因伐吳有功，獲賜爵祿和封邑，但他上表晉主，請求轉賜給表兄襲。後以此為姑表親戚的代稱。

旅宿

杜牧

旅館無良伴，凝情自悄然。
寒燈思舊事，斷雁警愁眠。
遠夢歸侵曉，家書到隔年。
滄江好煙月，門繫釣魚船。

良伴—好朋友。
凝情—凝思。
寒燈—昏冷的燈火。
斷雁—失群的孤雁。
侵曉—破曉。
滄江—泛稱江河。
好煙月—指隔年初春的美好風景。

秋日赴闕題潼關驛樓

許渾

紅葉晚蕭蕭，長亭酒一瓢。
殘雲歸太華，疏雨過中條。
樹色隨山迥，河聲入海遙。
帝鄉明日到，猶自夢漁樵。

闕－指唐都城長安。
潼關－關名，在今陝西潼關縣境內。
長亭－供行人停憩的亭子。
太華－即西嶽華山。
中條－山名，一名雷首山。
迥－遠。
河－指黃河。
帝鄉－指京城長安。
夢漁樵－懷念隱居生活。

早秋

許渾

遙夜泛清瑟，西風生翠蘿。
殘螢棲玉露，早雁拂金河。
高樹曉還密，遠山晴更多。
淮南一葉下，自覺老煙波。

遙夜—長夜。
泛—彈奏琴瑟。
清瑟—清泠的瑟聲。
金河—秋天的銀河。
還密—尚未凋零。
「淮南」句—淮水以南，葉落知秋。
老—終老。

蟬

李商隱

本以高難飽，徒勞恨費聲。
五更疏欲斷，一樹碧無情。
薄宦梗猶泛，故園蕪已平。
煩君最相警，我亦舉家清。

以—因。
高—此喻清高。
恨費聲—因恨發出嘶鳴。
疏欲斷—形容蟬聲將停未停。
「一樹」—意謂蟬雖哀鳴，樹卻自呈蒼潤，像是無情相待。隱喻受人冷落。
薄宦—官職卑微。
梗猶泛—如草梗飄流不定。
蕪已平—形容荒草深齊。
君—指蟬。
清—生活清苦。

風雨

李商隱

淒涼寶劍篇，羈泊欲窮年。
黃葉仍風雨，青樓自管弦。
新知遭薄俗，舊好隔良緣。
心斷新豐酒，銷愁斗幾千。

寶劍篇—唐郭震所作，此指懷才不遇。
羈泊—羈旅漂泊。
窮年—一年將盡。
青樓—富貴人家的樓寓。
薄俗—世情澆薄。
心斷—意絕。
新豐—今陝西臨潼縣東，古時以產美酒聞名。
幾千—幾千文，指酒貧昂貴。

落花

李商隱

高閣客竟去，小園花亂飛。
參差連曲陌，迢遞送斜暉。
腸斷未忍掃，眼穿仍欲歸。
芳心向春盡，所得是沾衣。

參差—高低不齊，此指落花迷離。
迢遞—遼遠的樣子。
眼穿—形容熱切盼望。
芳心—指花，也指自己看花的心意。
沾衣—淚下沾衣。

涼思

李商隱

客去波平檻，蟬休露滿枝。
永懷當此節，倚立自移時。
北斗兼春遠，南陵寓使遲。
天涯占夢數，疑誤有新知。

波平檻—指夏季水漲，高與欄杆齊。
節—季節。
移時—時光流逝。
南陵—縣名，詩人所在。
寓使—指傳書的使者。
占夢—以夢境占卜。
數—屢次。
「疑誤」句—疑客有了新交而忘了自己。

北青蘿

李商隱

殘陽西入崦，茅屋訪孤僧。
落葉人何在，寒雲路幾層。
獨敲初夜磬，閒倚一枝藤。
世界微塵裡，吾寧愛與憎。

青蘿—山名。
崦—即崦嵫山，常用來指日落之處。
初夜—黃昏初更。
磬—寺觀禮佛時所敲的樂器。
一枝藤—藤手杖。
「世界」句—指大千世界俱在微塵中。
寧—何必。

送人東遊

溫庭筠

荒戍落黃葉，浩然離故關。
高風漢陽渡，初日郢門山。
江上幾人在？天涯孤棹還。
何當重相見？樽酒慰離顏。

荒戍—荒廢的邊塞營壘。
浩然—毅然決然。
漢陽渡—湖北漢陽的長江渡口。
郢門山—即荊門山，今湖北江陵附近。
幾人—誰人。
棹—船槳，此指船。

灞上秋居

馬戴

灞原風雨定，晚見雁行頻。
落葉他鄉樹，寒燈獨夜人。
空園白露滴，孤壁野僧鄰。
寄臥郊扉久，何年致此身？

灞原－灞水兩岸的平原。
扉－柴門。
郊扉－鄉居。
致此身－此身為國家效力。

楚江懷古

馬戴

露氣寒光集，微陽下楚丘。
猿啼洞庭樹，人在木蘭舟。
廣澤生明月，蒼山夾亂流。
雲中君不見，竟夕自悲秋。

微陽－落日殘照。
木蘭舟－用木蘭樹打造的舟船。船的美稱。
廣澤－廣闊的水面。指青草湖。
雲中君－指雲神。
竟夕－整夜。

書邊事

張喬

調角斷清秋，征人倚戍樓。
春風對青冢，白日落梁州。
大漠無兵阻，窮邊有客遊。
蕃情似此水，長願向南流。

調角—吹角。
戍樓—防守的城樓。
青冢—昭君墓。
梁州—此指涼州。
無兵阻—無兵阻擾，指無戰事。
窮邊—絕遠的邊地。
蕃—指吐蕃。
向南流—指歸附中原。

巴山道中除夜有懷

崔塗

迢遞三巴路，羈危萬里身。
亂山殘雪夜，孤獨異鄉人。
漸與骨肉遠，轉於僮僕親。
那堪正飄泊，明日歲華新。

除夜—除夕。
迢遞—遙遠的樣子。
三巴—巴東、巴西、巴郡合稱，後多泛指四川。
羈危—飄泊而艱險。
骨肉—子女兄弟至親之人。
僮—未成年的僕人。
歲華—歲時。

孤雁

崔塗

幾行歸塞盡，念爾獨何之。

暮雨相呼失，寒塘獨下遲。

渚雲低暗渡，關月冷相隨。

未必逢矰繳，孤飛自可疑。

幾行—指雁群。

歸塞盡—全部回到塞上。

相呼失—失群的同伴互相呼喚。

矰—短矢。

繳—繫在短箭尾端的絲線。

疑—小心。

春宮怨

杜荀鶴

早被嬋娟誤，欲妝臨鏡慵。
承恩不在貌，教妾若為容。
風暖鳥聲碎，日高花影重。
年年越溪女，相憶采芙蓉。

嬋娟—形態美好的樣子。

承恩—受寵。

若為容—如何飾容。

越溪女—指西施浣紗時的女伴。越溪，即若耶溪。

章臺夜思

韋莊

清瑟怨遙夜，繞弦風雨哀。
孤燈聞楚角，殘月下章臺。
芳草已云暮，故人殊未來。
鄉書不可寄，秋雁又南回。

清瑟—清冷的瑟音。

楚角—楚地音調的角聲。

章臺—楚靈王的行宮章華臺，後泛指宮殿樓臺。

殊—猶。

尋陸鴻漸不遇

僧皎然

移家雖帶郭，野徑入桑麻。
近種籬邊菊，秋來未著花。
扣門無犬吠，欲去問西家。
報道山中去，歸來每日斜。

移家—遷居。
帶—近也。
著花—開花。
西家—指鄰居。
報道—回答道。

【卷四】

七言律詩

黃鶴樓

崔顥

昔人已乘黃鶴去，此地空餘黃鶴樓。
黃鶴一去不復返，白雲千載空悠悠。
晴川歷歷漢陽樹，芳草萋萋鸚鵡洲。
日暮鄉關何處是？煙波江上使人愁。

黃鶴樓－位於漢水與長江交匯處。

昔人－傳說中的仙人。

歷歷－分明的樣子。

萋萋－草木茂盛的樣子。

鸚鵡州－東漢末，江夏太守黃祖之子黃射，會賓客於江心州上，有獻鸚鵡者，三國名士禰衡為之作鸚鵡賦，故而得名。

行經華陰

崔顥

岧嶢太華俯咸京，天外三峰削不成。
武帝祠前雲欲散，仙人掌上雨初晴。
河山北枕秦關險，驛路西連漢畤平。
借問路旁名利客，無如此處學長生？

岧嶢－高峻。
咸京－咸陽。
三峰－指華山三峰。
削不成－形容山勢突兀，非刀斧可削成。
武帝祠－即巨靈祠，相傳為漢武帝登華山後所建。
仙人掌－相傳華山為巨靈所開，石上仍留五指掌痕。
秦關－指函谷關。
漢畤－漢代祭天地五帝之地。
名利客－追求名利的人。

望薊門

祖詠

燕臺一去客心驚，笳鼓喧喧漢將營。
萬里寒光生積雪，三邊曙色動危旌。
沙場烽火連胡月，海畔雲山擁薊城。
少小雖非投筆吏，論功還欲請長纓。

薊門－今北京西南，是唐朝屯駐重兵之地。
燕臺－戰國時燕昭王為求賢才所築的黃金臺。
笳－此處代指號角。
三邊－泛指邊地。
危旌－高揚的旗幟。
烽火－古代用於軍事通信的設施。
薊城－即薊門，今北京德勝門外，舊時邊防要地。
投筆吏－指東漢投筆從戎的班超。
論功－指論功行賞。
請長纓－指西漢請纓報國的書生終軍。

送魏萬之京

李頎

朝聞遊子唱離歌，昨夜微霜初度河。
鴻雁不堪愁裡聽，雲山況是客中過。
關城曙色催寒近，御苑砧聲向晚多。
莫見長安行樂處，空令歲月易蹉跎。

魏萬—唐高宗時進士。
遊子—指魏萬。
初度河—剛剛渡過黃河。
關城—指潼關。
催寒近—顯示出冬天已近。
御苑—皇家園林，此指京城。
長安—唐代京城。
蹉跎—虛度光陰。

九月登望仙臺呈劉明府容

崔曙

漢文皇帝有高臺，此日登臨曙色開。
三晉雲山皆北向，二陵風雨自東來。
關門令尹誰能識？河上仙翁去不回。
且欲近尋彭澤宰，陶然共醉菊花杯。

望仙臺—據說漢河上公授漢文帝《老子章句》四篇而去，後來文帝築臺以望河上公，即望仙臺。在今河南陝縣西南。

劉明府容—名容，生平不詳。明府，唐代對縣令尊稱。

高臺—即望仙臺。

三晉—春秋末年，韓、趙、魏三卿分晉。

二陵—指殽山中有南北二座丘陵。

關門令尹—周大夫令尹喜看守函谷關時，留老子著道德經。

河上仙翁—即河上公，相傳西漢仙人，精研老子學說。

彭澤宰—晉陶淵明曾為彭澤縣令。

登金陵鳳凰臺

李白

鳳凰臺上鳳凰遊，鳳去臺空江自流。
吳宮花草埋幽徑，晉代衣冠成古丘。
三山半落青天外，二水中分白鷺洲。
總為浮雲能蔽日，長安不見使人愁。

鳳凰臺—故址在南京鳳臺山，相傳在南朝宋時有鳳凰翔集於此山而建。

江—長江。

吳宮—三國時孫吳建都金陵。

晉代衣冠—指東晉王謝世家等顯貴。

三山—山名，在南京西南長江邊上。

「二水」句—長江在白鷺洲分為二支。

浮雲蔽日—隱喻國君為小人蒙蔽。

送李少府貶峽中王少府貶長沙

高適

嗟君此別意何如，駐馬銜杯問謫居。
巫峽啼猿數行淚，衡陽歸雁幾封書。
青楓江上秋帆遠，白帝城邊古木疏。
聖代即今多雨露，暫時分手莫躊躇。

李少府、王少府—高適的兩位被貶官的友人。
峽中—此指夔州巫山縣。
銜杯—飲酒。
謫居—貶官之處。
「衡陽」句—意思是要王少府到長沙後多寫信來。
青楓江—地名。
聖代—對當朝的美稱。
雨露—指朝廷之恩。
躊躇—猶豫不前。

奉和中書舍人賈至早朝大明宮

岑參

雞鳴紫陌曙光寒，鶯囀皇州春色闌。
金闕曉鐘開萬戶，玉階仙仗擁千官。
花迎劍佩星初落，柳拂旌旗露未乾。
獨有鳳凰池上客，陽春一曲和皆難。

賈至—中書舍人，乃岑參的上司。
大明宮—宮殿名，在長安禁苑南。
紫陌—京城的道路。
皇州—指京城長安。
金闕—金殿。
萬戶—指宮門。
仙仗—指皇帝的儀仗。
劍佩—帶劍，垂佩綬。
鳳凰池上客—指賈至。
陽春一曲—指雅樂。

和賈舍人早朝大明宮之作

王維

絳幘雞人送曉籌，尚衣方進翠雲裘。
九天閶闔開宮殿，萬國衣冠拜冕旒。
日色才臨仙掌動，香煙欲傍袞龍浮。
朝罷須裁五色詔，珮聲歸向鳳池頭。

絳幘—深紅色的頭巾。
雞人—報時者。
曉籌—即更籌。
尚衣—負責管理皇帝服飾的官。
九天閶闔—九重宮殿的大門。
冕旒—冠飾的垂玉，天子之冕十二旒，此指君王。
仙掌—皇帝專用的掌扇。
袞龍—指皇帝的龍袍。
五色詔—用五色紙寫的詔書。

奉和聖制從蓬萊向興慶閣道中留春雨中春望之作應制

王維

渭水自縈秦塞曲，黃山舊繞漢宮斜。
鑾輿迴出千門柳，閣道迴看上苑花。
雲裡帝城雙鳳闕，雨中春樹萬人家。
為乘陽氣行時令，不是宸遊翫物華。

題名—唐玄宗由閣道出遊時在雨中春望賦詩的一首和作。
應制—應皇帝之命而作。
渭水—即渭河。
秦塞—指長安城郊，古為秦地。
黃山—黃麓山，在今陝西興平縣北。
鑾輿—天子車駕。
上苑—泛指皇家園林。
雙鳳闕—泛指宮中的樓闕。
「為乘」句—指配合春天的時令出巡。陽氣，春天。
宸遊—天子出遊。宸，北辰所居，借指皇帝居處。
翫物華—賞玩美好的光景。

積雨輞川莊作

王維

積雨空林煙火遲，蒸藜炊黍餉東菑。

漠漠水田飛白鷺，陰陰夏木囀黃鸝。

山中習靜觀朝槿，松下清齋折露葵。

野老與人爭席罷，海鷗何事更相疑。

積雨—久雨未晴。

煙火遲—炊煙升得很慢。

餉—送飯。

東菑—東邊的田中。

習靜—打禪靜坐之意。

朝槿—朝開晚萎的木槿花。

清齋—指素食。

露葵—即蓴菜。

野老—王維自稱。

爭席—表示彼此融洽無間，不拘禮節。

「海鷗」句—喻己無所爭，鷗鳥何必懷疑我還有機心呢？

酬郭給事

王維

洞門高閣靄餘輝，桃李陰陰柳絮飛。
禁裡疏鐘官舍晚，省中啼鳥吏人稀。
晨搖玉佩趨金殿，夕奉天書拜瑣闈。
強欲從君無那老，將因臥病解朝衣。

給事—給事中的省稱。
洞門—重重相對而通的門。
桃李陰陰—喻門生衆多。
禁裡—宮中。
省—指門下省。
趨—小步疾行。
天書—天子詔書。
拜—辭拜。
瑣闈—雕飾花紋的宮門。
君—指郭給事。
無那—無奈。
解朝衣—脫去朝服，指辭官。

蜀相

杜甫

丞相祠堂何處尋？錦官城外柏森森。
映階碧草自春色，隔葉黃鸝空好音。
三顧頻煩天下計，兩朝開濟老臣心。
出師未捷身先死，長使英雄淚滿襟。

蜀相—三國蜀漢丞相，指諸葛亮。
丞相祠堂—指諸葛武侯祠。
錦官城—成都的別名。
三顧—指劉備三顧茅廬。
兩朝—指劉備、劉禪兩朝。
開濟—開創基業，匡濟艱危。
出師未捷—諸葛亮伐魏，據守五丈原，與魏軍隔江對峙百餘日後，病死軍中。

客至

杜甫

舍南舍北皆春水，但見群鷗日日來。
花徑不曾緣客掃，蓬門今始為君開。
盤飧市遠無兼味，樽酒家貧只舊醅。
肯與鄰翁相對飲，隔籬呼取盡餘杯。

客至—客指崔明府。明府，唐人對縣令的稱呼。
舍—指家。
鷗—水鳥。
蓬門—用蘆柴編成的門。
盤飧—菜餚。
無兼味—謙稱菜少。
舊醅—隔年的陳酒。
肯—能否允許。
餘杯—餘下來的酒。

野望

杜甫

西山白雪三城戍，南浦清江萬里橋。
海內風塵諸弟隔，天涯涕淚一身遙。
唯將遲暮供多病，未有涓埃答聖朝。
跨馬出郊時極目，不堪人事日蕭條。

西山—在成都西，一名雪嶺。
三城—指松、維、保三州。
清江—指錦江。
風塵—喻戰亂。
遲暮—年老，此時杜甫五十歲。
涓埃—滴水塵埃，喻微小。
人事—世事。

聞官軍收河南河北

杜甫

劍外忽傳收薊北，初聞涕淚滿衣裳。
卻看妻子愁何在？漫捲詩書喜欲狂。
白日放歌須縱酒，青春作伴好還鄉。
即從巴峽穿巫峽，便下襄陽向洛陽。

劍外—劍門以南，代指蜀地。

薊北—今河北北部，是當年安祿山叛軍根據地。

漫捲—隨便收拾。

青春—指春光明媚。

即—即刻。

登高

杜甫

風急天高猿嘯哀，渚清沙白鳥飛迴。
無邊落木蕭蕭下，不盡長江滾滾來。
萬里悲秋常作客，百年多病獨登臺。
艱難苦恨繁霜鬢，潦倒新停濁酒杯。

登高—農曆九月九日為重陽節，有登高的習俗。

落木—落葉。

蕭蕭—風吹落葉的聲音。

百年—一生。這裡借指晚年。

繁霜鬢—兩鬢白髮如霜。

「潦倒」句—指杜甫當時因病戒酒。

新停，新近停止。

登樓

杜甫

花近高樓傷客心，萬方多難此登臨。
錦江春色來天地，玉壘浮雲變古今。
北極朝廷終不改，西山寇盜莫相侵。
可憐後主還祠廟，日暮聊為梁甫吟。

客心—客居者之心。

萬方多難—指吐蕃侵擾，皇帝昏聵，國家危機四伏。

玉壘—山名，今四川灌縣西。

北極—北辰，指朝廷。

西山盜寇—指吐蕃。

後主—指劉禪。

還祠廟—仍能守其宗廟社稷。

梁甫吟—古代用作葬歌的民間曲調，相傳諸葛亮好吟此曲。

宿府

杜甫

清秋幕府井梧寒，獨宿江城蠟炬殘。
永夜角聲悲自語，中天月色好誰看。
風塵荏苒音書絕，關塞蕭條行路難。
已忍伶俜十年事，強移棲息一枝安。

府—幕府。
幕府—將帥的府署。
井梧—梧桐。
永夜—整晚。
角—軍中號角。
荏苒—時光漸逝。
伶俜—孤單失所。
十年事—自安史之亂至此詩寫時恰好十年。
一枝安—用《莊子．逍遙遊》：「鷦鷯巢於深林，不過一枝」典故，指安棲之所。

閣夜

杜甫

歲暮陰陽催短景，天涯霜雪霽寒宵。
五更鼓角聲悲壯，三峽星河影動搖。
野哭千家聞戰伐，夷歌數處起漁樵。
臥龍躍馬終黃土，人事音書漫寂寥。

陰陽—指歲月。
短景—指冬季日短。
霽—雪停。
夷歌—少數民族歌謠。
臥龍躍馬—臥龍指諸葛亮，躍馬指西漢末年趁亂居蜀稱帝的公孫述。
人事—交遊。
音書—指親朋間的慰藉。

詠懷古跡【五首・其一】

杜甫

支離東北風塵際，漂泊西南天地間。
三峽樓臺淹日月，五溪衣服共雲山。
羯胡事主終無賴，詞客哀時且未還。
庾信平生最蕭瑟，暮年詩賦動江關。

支離—流離。
風塵—喻戰亂。
淹日月—滯留。此句指杜甫在夔州滯留日久。
五溪衣服—泛指夔州地區少數民族。
共雲山—共同居住。
羯胡—此指安祿山。
無賴—狡猾。
詞客—指南朝梁詩文家庾信，亦作者自謂。
未還—未能還朝回鄉。
庾信—南北朝詩人。
動江關—指庾信晚年詩作影響大。
江關—指荊州江陵，梁元帝都江陵。

【五首・其二】

搖落深知宋玉悲，風流儒雅亦吾師。
悵望千秋一灑淚，蕭條異代不同時。
江山故宅空文藻，雲雨荒臺豈夢思？
最是楚宮俱泯滅，舟人指點到今疑。

搖落－零落。
宋玉－屈原的學生，出仕後不得意。
風流儒雅－此指宋玉的文采和學問。
故宅－指秭歸的宋玉故宅。
「雲雨」句－指宋玉《高唐賦》楚懷王與巫山神女相會事。
楚宮－楚國建都郢，今湖北江陵。
舟人－船夫。

【五首．其三】

群山萬壑赴荊門，生長明妃尚有村。
一去紫臺連朔漠，獨留青塚向黃昏。
畫圖省識春風面，環佩空歸月夜魂。
千載琵琶作胡語，分明怨恨曲中論。

荊門—山名。
明妃—即王昭君。
紫臺—紫宮，帝王居所。
青塚—昭君墓。
畫圖—指《西京雜記》記載毛延壽畫昭君事。
省識—約略看出。
春風面—指昭君美貌。
怨恨曲中論—樂曲中訴說著昭君的怨恨。

【五首·其四】

蜀主窺吳幸三峽，崩年亦在永安宮。
翠華想像空山裡，玉殿虛無野寺中。
古廟杉松巢水鶴，歲時伏臘走村翁。
武侯祠屋常鄰近，一體君臣祭祀同。

蜀主—指劉備。
幸—君主駕臨。
崩—國君死稱崩。
永安宮—即白帝城。
野寺—今為臥龍寺，位在宮東。
伏臘—伏天臘月，此指每逢節氣村民皆前往祭祀。
武侯祠—夔州諸葛亮的祠堂。
一體—指後人對劉備和諸葛亮一同祭祀，君臣同饗祭奠。

【五首．其五】

諸葛大名垂宇宙，宗臣遺像肅清高。
三分割據紆籌策，萬古雲霄一羽毛。
伯仲之間見伊呂，指揮若定失蕭曹。
運移漢祚終難復，志決身殲軍務勞。

垂－流傳。
宇宙－兼指天下古今。
宗臣－大臣、重臣。
肅清高－為諸葛亮的高風亮節肅然起敬。
紆－屈，指不得施展。
「萬古」句－像鸞鳳獨步雲霄，高超難以企及。
伊呂－伊尹和呂尚，商周的賢相。
失蕭曹－蕭何和曹參也為之遜色。
運－運數。
祚－帝位。
身殲－身死。

江州重別薛六柳八二員外

劉長卿

生涯豈料承優詔，世事空知學醉歌。
江上月明胡雁過，淮南木落楚山多。
寄身且喜滄洲近，顧影無如白髮何。
今日龍鍾人共棄，愧君猶遣慎風波。

江州－今江西省九江市。
薛六、柳八－名不詳。六、八是他們的排行。
員外－員外郎的簡稱。
生涯－生計。
承優詔－得到升遷的詔命。此當為反語。
空知－指世事難料。
滄州－常指隱士居處。
無如－無奈。
龍鍾－年老遲鈍的樣子。
遣－此為叮嚀之意。
風波－江上風浪。

長沙過賈誼宅

劉長卿

三年謫宦此棲遲，萬古惟留楚客悲。
秋草獨尋人去後，寒林空見日斜時。
漢文有道恩猶薄，湘水無情弔豈知。
寂寂江山搖落處，憐君何事到天涯。

賈誼—西漢文帝時政治家、文學家，後被貶為長沙王太傅。
謫宦—貶官。
棲遲—居留。
楚客—指賈誼。
漢文—指漢文帝。
「湘水」句—賈誼渡湘水，曾作《弔屈原賦》。

自夏口至鸚鵡洲夕望岳陽寄源中丞

劉長卿

汀洲無浪復無煙，楚客相思益渺然。
漢口夕陽斜渡鳥，洞庭秋水遠連天。
孤城背嶺寒吹角，獨戍臨江夜泊船。
賈誼上書憂漢室，長沙謫去古今憐。

夏口—古屬楚國境。

汀州—水中可居之地，指鸚鵡洲。

楚客—指到此的旅人。

孤城—指漢陽城。

背嶺—在山嶺下。

長沙謫去—指賈誼被貶為長沙王太傅。

贈闕下裴舍人

錢起

二月黃鸝飛上林，春城紫禁曉陰陰。
長樂鐘聲花外盡，龍池柳色雨中深。
陽和不散窮途恨，霄漢長懷捧日心。
獻賦十年猶未遇，羞將白髮對華簪。

闕下—宮闕之下。
裴舍人—生平不詳。
舍人—指中書舍人，職責是草擬詔書。
上林—漢代天子狩獵的場所，此指御苑。
紫禁—指皇宮。
長樂—漢長樂宮，此指唐宮。
龍池—泛稱宮中之池。
陽和—仲春二月。
霄漢—指天上。
捧日心—喻忠心。
獻賦—借指應進士舉。
華簪—高官的冠飾，此指裴舍人。

寄李儋元錫

韋應物

去年花裡逢君別，今日花開又一年。
世事茫茫難自料，春愁黯黯獨成眠。
身多疾病思田里，邑有流亡愧俸錢。
聞道欲來相問訊，西樓望月幾回圓？

李儋—字元錫，曾任殿中侍御史，是作者的朋友。

黯黯—失神貌。

思田里—想歸隱田園。

「邑有」句—指在自己管轄地區內還有百姓流亡，慚愧自己食國家俸祿。

問訊—探望。

同題仙遊觀

韓翃

仙臺初見五城樓，風物淒淒宿雨收。
山色遙連秦樹晚，砧聲近報漢宮秋。
疏松影落空壇靜，細草香閒小洞幽。
何用別尋方外去，人間亦自有丹丘。

仙遊觀—道院名，在長安西山。
五城樓—五城十二樓的簡稱，仙人的居所，此指仙遊觀。
宿雨—隔夜的雨。
香閒—幽香。
方外—世外。
丹丘—傳說中神仙所住的地方。

春思

皇甫冉

鶯啼燕語報新年，馬邑龍堆路幾千。
家住層城鄰漢苑，心隨明月到胡天。
機中錦字論長恨，樓上花枝笑獨眠。
為問元戎竇車騎，何時返旆勒燕然。

馬邑－秦所築城名。

龍堆－指沙漠。

層城－因京城内外分兩層，故稱。

苑－此指行宮。

胡天－指塞外。

機中錦字－《晉書》記載竇滔被徙，妻織錦為璇璣圖詩（亦稱迴文詩）寄之。

元戎－將軍。

竇車騎－即竇憲，為車騎大將軍，破匈奴，登燕然山，命班固作銘，刻石紀功。

返旆－凱旋而歸。

晚次鄂州

盧綸

雲開遠見漢陽城，猶是孤帆一日程。
估客晝眠知浪靜，舟人夜語覺潮生。
三湘愁鬢逢秋色，萬里歸心對月明。
舊業已隨征戰盡，更堪江上鼓鼙聲。

晚次－晚上到達。
鄂州－唐時屬江南道，在今湖北武昌。
一日程－指一天的水路。
估客－商人。
舟人－船家。
三湘－湘江的三條支流。這裡泛指漢陽、鄂州一帶。
舊業－老家的產業。
更堪－豈能再聽。
鼓鼙－戰鼓。

登柳州城樓寄漳汀封連四州刺史

柳宗元

城上高樓接大荒，海天愁思正茫茫。
驚風亂颭芙蓉水，密雨斜侵薜荔牆。
嶺樹重遮千里目，江流曲似九迴腸。
共來百越文身地，猶自音書滯一鄉。

柳州－今屬廣西。
漳、汀－今屬福建。
封、連－今屬廣東。
刺史－州的行政長官。
大荒－原野。
颭－吹動。
芙蓉水－開滿荷花的湖水。
薜荔－香草。
千里目－此指遠眺的視線。
江－指柳江。
九迴腸－喻愁腸百轉。
共來－指和韓泰、韓華、陳諫、劉禹錫同時被貶。
百越－即百粵，泛指今華南一帶。
文身－古代南方少數民族有在身上紋飾的習俗。
滯－阻隔。

西塞山懷古

劉禹錫

王濬樓船下益州，金陵王氣黯然收。
千尋鐵鎖沉江底，一片降旛出石頭。
人世幾回傷往事，山形依舊枕寒流。
從今四海為家日，故壘蕭蕭蘆荻秋。

西塞山—位於今湖北黃石。

王濬樓船下益州—西晉益州刺史王濬，武帝命修舟艦連舫，其上可馳馬。

樓船—大舟，此指戰艦。

千尋鐵鎖—晉時吳國曾於江中沉以鐵鎖鐵鏈，王濬以大火燒斷。

旛—旗幟。

石頭—石頭城，今南京。

「從今」二句—如今國家統一，舊時的壁壘早已荒蕪。

遣悲懷【三首．其一】

元稹

謝公最小偏憐女，自嫁黔婁百事乖。
顧我無衣搜藎篋，泥他沽酒拔金釵。
野蔬充膳甘長藿，落葉添薪仰古槐。
今日俸錢過十萬，與君營奠復營齋。

「謝公」句－用《晉書．烈女傳》謝道韞的故事，讚美自己的妻子出身高貴。
黔婁－春秋時齊國高士，家貧但不求仕進，此為元稹自喻。
乖－乖舛不順。
顧－看。
藎篋－裝衣服的草箱。
泥－從旁鼓舞，軟言相求。
藿－豆葉。
奠－請僧人超度。
齋－祭品。

【三首·其二】

昔日戲言身後事，今朝都到眼前來。
衣裳已施行看盡，針線猶存未忍開。
尚想舊情憐婢僕，也曾因夢送錢財。
誠知此恨人人有，貧賤夫妻百事哀。

戲言—開玩笑的話。
施—送人。
行看—眼看。
送錢財—指焚燒冥紙。

【三首·其三】

閒坐悲君亦自悲，百年多是幾多時。
鄧攸無子尋知命，潘岳悼亡猶費詞。
同穴窅冥何所望，他生緣會更難期。
惟將終夜長開眼，報答平生未展眉。

鄧攸無子—西晉鄧攸戰亂中捨子保姪。
尋知命—應知命該如此。
潘岳悼亡—西晉潘岳為妻作悼亡詩三首，為世傳誦。
窅冥—深遠渺茫。
「惟將」句—謂今後將長鰥不娶。古云鰥魚終日不閉眼，又男子無妻曰鰥。

自河南經亂，關內阻饑，兄弟離散，各在一處。因望月有感，聊書所懷，寄上浮梁大兄，於潛七兄，烏江十五兄，兼示符離及下邽弟妹

白居易

時難年荒世業空，弟兄羈旅各西東。
田園寥落干戈後，骨肉流離道路中。
弔影分為千里雁，辭根散作九秋蓬。
共看明月應垂淚，一夜鄉心五處同。

河南—唐時河南道，轄今河南省大部和山東、江蘇、安徽三省的部分地區。
關內—關內道，轄今陝西大部，及甘肅、寧夏、內蒙的部分地區。
浮梁大兄—長兄白幼文。
於潛七兄—叔父白季康的長子。
烏江十五兄—從兄白逸。
符離—今安徽宿縣內。
下邽—在今陝西渭南縣。
世業—祖上留下的產業。
羈旅—作客、漂泊。
骨肉—指兄弟。
弔影—孤身獨處，形影相伴。
千里雁—古人以雁行喻兄弟。
九秋—秋天。
蓬—蓬草。

錦瑟

李商隱

錦瑟無端五十弦，一弦一柱思華年。
莊生曉夢迷蝴蝶，望帝春心託杜鵑。
滄海月明珠有淚，藍田日暖玉生煙。
此情可待成追憶，只是當時已惘然。

錦瑟－裝飾華美的瑟。瑟，撥弦樂器，通常二十五弦。

無端－何故。

柱－瑟上扣弦的支柱。

「莊生」句－莊周夢蝶，喻人生若夢。

「望帝」句－蜀帝杜宇號望帝，死後魂魄化為杜鵑鳥。

珠有淚－相傳海上鮫人，其淚能泣珠。

藍田－山名，盛產美玉。

無題

李商隱

昨夜星辰昨夜風，畫樓西畔桂堂東。
身無彩鳳雙飛翼，心有靈犀一點通。
隔座送鉤春酒暖，分曹射覆蠟燈紅。
嗟余聽鼓應官去，走馬蘭臺類轉蓬。

畫樓、桂堂—比喻富貴人家的屋舍。

彩鳳—靈鳥，似鶴而有五彩飛羽。

「心有」句—兩心相通，有如兩端相通的犀角。

送鉤—飲酒時的一種遊戲，以勸酒也。

分曹射覆—分組比賽猜謎或連字遊戲，以行酒令。

聽鼓應官—古代官員聽更鼓聲上朝。

蘭臺—即祕書省，掌管圖書祕籍。

隋宮

李商隱

紫泉宮殿鎖煙霞，欲取蕪城作帝家。
玉璽不緣歸日角，錦帆應是到天涯。
於今腐草無螢火，終古垂楊有暮鴉。
地下若逢陳後主，豈宜重問後庭花？

紫泉宮殿—隋煬帝南幸揚州的行宮。

蕪城—指揚州。

日角—額角飽滿如太陽，乃帝王之相。

錦帆—隋煬帝南遊，所乘龍舟以錦為帆。

螢火—指隋煬帝夜遊放螢火事。

垂楊—隋煬帝開通運河，沿河築堤種柳。

「地下」二句—南朝陳後主陳叔寶荒淫奢侈，被隋所滅。曾作《玉樹後庭花》一曲，被稱為亡國之音。

無題【二首・其一】

李商隱

來是空言去絕蹤，月斜樓上五更鐘。
夢為遠別啼難喚，書被催成墨未濃。
蠟照半籠金翡翠，麝熏微度繡芙蓉。
劉郎已恨蓬山遠，更隔蓬山一萬重。

空言—空語。
五更鐘—天將亮時的鐘鼓聲。
半籠—半映。指燭光隱約。
金翡翠—金線繡著翡翠鳥的錦被。
繡芙蓉—繡有芙蓉花的帳子。
劉郎—東漢劉晨與阮肇入山遇二仙女，居半年乃還，後入山再尋已無所獲。
蓬山—相傳為仙人居住的地方，此喻伊人住所。

【二首·其二】

颯颯東風細雨來，芙蓉塘外有輕雷。
金蟾齧鎖燒香入，玉虎牽絲汲井迴。
賈氏窺簾韓掾少，宓妃留枕魏王才。
春心莫共花爭發，一寸相思一寸灰。

颯颯—風聲。

金蟾齧鎖—口銜鎖環的蟾形香爐。

玉虎—虎狀的轆轤。

絲—井索。

「賈氏」句—賈充的女兒隔簾偷看年輕俊美的韓壽，終結為夫婦。

掾—僚屬。

宓妃—洛水的女神。

魏王—曹子建。

籌筆驛

李商隱

猿鳥猶疑畏簡書，風雲常為護儲胥。
徒令上將揮神筆，終見降王走傳車。
管樂有才終不忝，關張無命欲何如。
他年錦里經祠廟，梁父吟成恨有餘。

籌筆驛—舊址在今四川省廣元縣北。
簡書—軍令。
儲胥—軍中的柵籬。
上將—主帥，指諸葛亮。
降王—指劉禪。
傳車—驛車。
管樂—管仲和樂毅。諸葛亮常自比於管樂。
忝—有愧。
他年—此指往年。
錦里—即錦官城。
梁父吟—即梁甫吟，諸葛亮愛吟的曲調。

無題

李商隱

相見時難別亦難，東風無力百花殘。
春蠶到死絲方盡，蠟炬成灰淚始乾。
曉鏡但愁雲鬢改，夜吟應覺月光寒。
蓬萊此去無多路，青鳥殷勤為探看。

「春蠶」二句—喻堅貞的愛情至死不渝。絲是「思」的諧音字。淚，指蠟油。這裡取雙關語，指相思的眼淚。

月光寒—指夜漸深。

蓬萊—把愛人比作東海仙山上的仙人。

青鳥—神話中的三足鳥，為西王母的使者，此借指傳遞訊息的使者。

春雨

李商隱

悵臥新春白袷衣，白門寥落意多違。
紅樓隔雨相望冷，珠箔飄燈獨自歸。
遠路應悲春晼晚，殘宵猶得夢依稀。
玉璫緘札何由達，萬里雲羅一雁飛。

白袷衣－白色的夾衣。唐人以白衫為閒居便服。

白門－地名，一指男女歡會之所。

紅樓－此指白門附近佳人所住的地方。

珠箔－珠簾，比喻春雨細密。

晼晚－夕陽西下的光景。

玉璫緘札－緘札，書信。古人常以珮飾與書信同寄，以為信物。玉璫，玉耳飾。

雲羅－像螺紋般的雲片。

無題【二首・其一】

李商隱

鳳尾香羅薄幾重，碧文圓頂夜深縫。

扇裁月魄羞難掩，車走雷聲語未通。

曾是寂寥金燼暗，斷無消息石榴紅。

斑騅只繫垂楊岸，何處西南任好風。

鳳尾香羅—薄而華貴的絲綢。

碧文圓頂—有青碧花紋的圓頂羅帳。

扇裁月魄—以團扇遮面。

「車走」句—驅車隆隆而過，無語相通。

石榴紅—五月石榴花開，此指時至五月。

斑騅—雜色的馬。

【二首・其二】

重帷深下莫愁堂，臥後清宵細細長。
神女生涯原是夢，小姑居處本無郎。
風波不信菱枝弱，月露誰教桂葉香？
直道相思了無益，未妨惆悵是清狂。

莫愁堂—指女子香閨。
臥後—醒後。
神女—巫山的女神。
小姑—典出古樂府《青溪小姑曲》，指未出嫁的少女。
「風波」句—暗示此女受到摧殘，得不到同情和幫助。
直道—即是，就算。
了無—全無。
清狂—喻痴情。

利州南渡

溫庭筠

澹然空水對斜暉，曲島蒼茫接翠微。
波上馬嘶看棹去，柳邊人歇待船歸。
數叢沙草群鷗散，萬頃江田一鷺飛。
誰解乘舟尋范蠡，五湖煙水獨忘機。

利州－在今四川廣元，南臨嘉陵江。

澹然－水波流動的樣子。

翠微－青翠的山氣。

「波上」句－指未渡之人，眼看馬鳴舟中，隨波而去。

范蠡－春秋楚國人，助越王句踐滅吳，被尊為上將軍。

「五湖」句－據說范蠡功成身退，乘扁舟出入三江五湖，不知所終。

忘機－忘卻俗念。

蘇武廟

溫庭筠

蘇武魂銷漢使前，古祠高樹兩茫然。
雲邊雁斷胡天月，隴上羊歸塞草煙。
回日樓臺非甲帳，去時冠劍是丁年。
茂陵不見封侯印，空向秋波哭逝川。

蘇武—漢武帝時出使匈奴被扣多年，昭帝時始被迎歸。

古祠—指蘇武廟。

雁斷—指蘇武被羈留匈奴與漢廷音訊隔絕。

回日—指蘇武回漢廷的時候。

甲帳—漢武帝設以供神的華帳。「非甲帳」指漢武帝已死。

冠劍—指出使時的裝束。

丁年—壯年。唐代規定二十一至五十九歲為丁。

茂陵—漢武帝埋葬處。

秋波—秋江。

逝川—指像水一樣流逝的時間。

宮詞

薛逢

十二樓中盡曉妝，望仙樓上望君王。
鎖銜金獸連環冷，水滴銅龍晝漏長。
雲髻罷梳還對鏡，羅衣欲換更添香。
遙窺正殿簾開處，袍袴宮人掃御牀。

十二樓—神仙居住之處，此指後宮。

銅龍—古代龍形鐘漏滴水計時。

袍袴—短袍繡褲，為宮女服飾。

貧女

秦韜玉

蓬門未識綺羅香，擬托良媒益自傷。
誰愛風流高格調，共憐時世儉梳妝。
敢將十指誇針巧，不把雙眉鬥畫長。
苦恨年年壓金線，為他人作嫁衣裳。

蓬門—窮苦人家。
傷—感傷。
高格調—不同凡俗的高雅風格。
憐—喜歡。
鬥—比較。
苦恨—非常懊惱。
壓金線—用金線繡花。

【卷四】

七律樂府

古意呈補闕喬知之

沈佺期

盧家少婦鬱金堂，海燕雙棲玳瑁梁。
九月寒砧催木葉，十年征戍憶遼陽。
白狼河北音書斷，丹鳳城南秋夜長。
誰為含愁獨不見？更教明月照流黃。

喬知之—武則天時任右補闕。

盧家少婦—梁蕭衍《河中之水歌》：「十五嫁為盧家婦，十六生兒字阿侯。盧家蘭室桂為梁，中有鬱金蘇合香」，此借指新嫁少婦。

鬱金堂—富貴人家用香草敷壁。

玳瑁梁—畫梁。

白狼河—今遼寧大凌河。

丹鳳城—即京城長安。

誰為—即「為誰」。

流黃—黃色絲織品。

【卷五】

五言絕句

鹿柴

空山不見人，但聞人語響。
返景入深林，復照青苔上。

王維

竹里館

獨坐幽篁裡，彈琴復長嘯。
深林人不知，明月來相照。

王維

鹿柴—王維輞川別墅之一。柴，通「寨」。

但—只。

返景—太陽落下時反照的日光。

竹里館—輞川別墅勝景之一。

幽篁—幽深的竹林。

長嘯—嘬口發出長而清越之聲。

深林—指幽篁。

送別

王維

山中相送罷，日暮掩柴扉。
春草明年綠，王孫歸不歸？

相思

王維

紅豆生南國，春來發幾枝。
願君多采擷，此物最相思。

掩—關閉。

王孫—本為貴族子孫，此指所別之友人。

紅豆—又名相思子。

南國—南方。

擷—摘。

此物—指紅豆。

雜詩

王維

君自故鄉來，應知故鄉事。
來日綺窗前，寒梅著花未？

送崔九

裴迪

歸山深淺去，須盡丘壑美。
莫學武陵人，暫遊桃源裡。

來日—來的時候。

綺窗—雕鏤花紋的窗。

著花未—開花沒有？「未」用於句末，相當於「否」，表疑問。

崔九—崔興宗，曾與王維、裴迪同居輞川。

丘壑—山林泉壑，指隱者居住的地方。

武陵人—指陶潛《桃花源記》中的武陵漁人。

終南望餘雪

祖詠

終南陰嶺秀，積雪浮雲端。
林表明霽色，城中增暮寒。

宿建德江

孟浩然

移舟泊煙渚，日暮客愁新。
野曠天低樹，江清月近人。

陰嶺—朝北的山嶺，少陽光易積雪。

林表—林外。

霽色—雨雪後放晴的景色。

建德江—指新安江流經建德的一段江水。

移舟—漂浮的小船。

煙渚—煙霧籠罩的沙洲。

客—作者自稱。

春曉

孟浩然

春眠不覺曉，處處聞啼鳥。
夜來風雨聲，花落知多少？

不覺—不知。
曉—早晨，天明。
知多少—不知有多少。

夜思

李白

牀前明月光，疑是地上霜。
舉頭望明月，低頭思故鄉。

牀—「牀」，有睡牀、胡牀（一種坐臥兩用的家具）、井欄等數種見解，其中以胡牀與詩意最不相符。

怨情

李白

美人捲珠簾，深坐顰蛾眉。
但見淚痕濕，不知心恨誰？

捲珠簾—捲簾相望。
深坐—久久呆坐。
顰—皺。
蛾眉—蠶蛾觸鬚彎而細長，故以稱女子之眉。

八陣圖

杜甫

功蓋三分國，名成八陣圖。
江流石不轉，遺恨失吞吳。

「功蓋」二句—盛讚諸葛亮謀略出色，在三國中功業最高。
八陣圖—以石頭壘成天、地、風、雲、龍、虎、鳥、蛇八陣，用於操練或作戰。
石不轉—指八陣圖壘石，經數百年大水沖擊仍巍然不動。

登鸛雀樓

王之渙

白日依山盡，黃河入海流。
欲窮千里目，更上一層樓。

鸛雀樓—在今山西省永濟市。
白日—太陽。
窮—盡。

送靈澈

劉長卿

蒼蒼竹林寺，杳杳鐘聲晚。
荷笠帶斜陽，青山獨歸遠。

靈澈—中唐著名詩僧。
蒼蒼—鬱綠青翠貌。
杳杳—悠遠的樣子。
荷笠—斗笠掛在背上。

彈琴

泠泠七弦上，
靜聽松風寒。
古調雖自愛，
今人多不彈。

劉長卿

送上人

孤雲將野鶴，
豈向人間住？
莫買沃洲山，
時人已知處。

劉長卿

泠泠—形容聲音清越。

七弦—琴的代稱。相傳神農氏製五弦，文王加二弦。

松風—古琴曲，音調凄清。

古調—古時的曲調。

上人—指詩僧靈澈。

將—伴隨。

沃洲山—在浙江新昌縣東，道書以為第十二福地，相傳支遁曾在此放鶴養馬。

秋夜寄邱員外

懷君屬秋夜，散步詠涼天。
空山松子落，幽人應未眠。

韋應物

聽箏

鳴箏金粟柱，素手玉房前。
欲得周郎顧，時時誤拂弦。

李端

邱員外—作者在臨平山中修道的好友邱丹。
屬—適逢。
詠—吟詩作唱。
幽人—隱士。此指邱員外丹。

金粟柱—形容弦軸精美。
玉房—放箏的墊子。
周郎—三國時東吳名將周瑜，精通音樂，雖酒過三巡，聽到別人奏曲有誤，必能辨知，知之必顧看。
拂弦—撥動琴弦。

新嫁娘

三日入廚下，洗手作羹湯。
未諳姑食性，先遣小姑嘗。

王建

玉臺體

昨夜裙帶解，今朝蟢子飛。
鉛華不可棄，莫是藁砧歸。

權德輿

三日入廚－古代習俗，新娘婚後三日，要下廚親手作飯。
諳－不熟悉。
姑食性－婆婆的口味。
小姑－丈夫的妹妹。

裙帶解－古時候婦女視裙帶脫落為夫婦和合的喜兆。
蟢子－一種身長腳長的暗褐色蜘蛛，通常在室內牆壁間結網，網的形狀像八卦，被視為喜兆，故又稱喜蛛。
鉛華－脂粉。
藁砧－古代處死刑，罪人席藁伏於砧上，用鈇斬之。鈇、夫諧音，後以藁砧為婦女稱丈夫的隱語。

江雪

柳宗元

千山鳥飛絕，萬徑人蹤滅。
孤舟蓑笠翁，獨釣寒江雪。

行宮

元稹

寥落古行宮，宮花寂寞紅。
白頭宮女在，閒坐說玄宗。

絕－無，沒有。
徑－小路。
蹤－腳印。
蓑笠翁－披蓑戴笠的老翁。

寥落－寂寞冷青。
行宮－皇帝離京在外時住的宮室。
白頭－年老。
玄宗－唐明皇。

問劉十九

白居易

綠螘新醅酒，紅泥小火爐。
晚來天欲雪，能飲一杯無？

何滿子

張祜

故國三千里，深宮二十年。
一聲何滿子，雙淚落君前。

劉十九—劉禹錫的堂兄劉禹銅，洛陽富商，與白居易常有應酬。

綠螘—新酒未濾清時，酒面泛起浮渣，色微綠細如蟻。代指新出的酒。

醅—未過濾的酒。

何滿子—歌曲名，相傳為開元年間一囚犯所創。此處乃詠宮娥思鄉又不得寵幸的怨歌。

故國—指故鄉。

登樂遊原

李商隱

向晚意不適，驅車登古原。
夕陽無限好，只是近黃昏。

尋隱者不遇

賈島

松下問童子，言師採藥去。
只在此山中，雲深不知處。

向晚—傍晚。
意不適—心情不好。
古原—指樂遊原。初為漢宣帝樂遊廟，又名樂遊苑。

尋—尋訪。
隱者—隱居在山中的人。
童子—此指隱者的弟子。
言—回答。
處—行蹤。

渡漢江

李頻

嶺外音書絕，經冬復歷春。
近鄉情更怯，不敢問來人。

春怨

金昌緒

打起黃鶯兒，莫教枝上啼。
啼時驚妾夢，不得到遼西。

嶺外－大庾嶺南。

近鄉－渡漢水，離故鄉又更近了。

來人－自故鄉來的人。

打起－打得飛走。

妾－古代婦女自稱。

遼西－遼河以西。是少婦的丈夫征戍之地。

哥舒歌

北斗七星高，哥舒夜帶刀。

至今窺牧馬，不敢過臨洮。

西鄙人

哥舒—唐朝名將哥舒翰。

窺牧馬—指吐蕃侵擾。

臨洮—今甘肅岷縣，秦築長城即起於此。

【卷五】

五絕樂府

長干行【二首·其一】

崔顥

君家何處住？妾住在橫塘。
停船暫借問，或恐是同鄉。

【二首·其二】

家臨九江水，來去九江側。
同是長干人，生小不相識。

長干行—樂府曲名，是長干里一帶的民歌。

橫塘—今江蘇南京江寧區。

暫—姑且。

借問—請問一下。

九江—泛指長江下游一帶。

玉階怨

李白

玉階生白露，夜久侵羅襪。
卻下水晶簾，玲瓏望秋月。

玉階—玉石砌的台階。
侵—沾濕。
羅襪—絲織的襪子。
卻下—放下。
玲瓏—形容空明的樣子。

塞下曲【四首・其一】

盧綸

鷲翎金僕姑，燕尾繡蝥弧。
獨立揚新令，千營共一呼。

鷲翎—用鷲鳥羽毛做箭羽。
金僕姑—神箭名。
燕尾—旗幟上燕尾形的飄帶。
蝥弧—旗名。
揚新令—揚旗下達新指令。

【四首．其二】

林暗草驚風，將軍夜引弓。
平明尋白羽，沒在石稜中。

【四首．其三】

月黑雁飛高，單于夜遁逃。
欲將輕騎逐，大雪滿弓刀。

驚風—突然被風吹動。
引弓—拉弓。
平明—天剛亮。
白羽—箭尾的白色鳥羽。
石稜—石塊的邊角。

月黑—沒有月光。
單于—漢代匈奴人對其君主的稱呼，泛指外族首領。
輕騎—輕裝速行的騎兵。
逐—追趕。
滿—沾滿。

【四首·其四】

野幕蔽瓊筵，羌戎賀勞旋。
醉和金甲舞，雷鼓動山川。

江南曲

李益

嫁得瞿塘賈，朝朝誤妾期。
早知潮有信，嫁與弄潮兒。

野幕—設於郊野的營帳。
瓊筵—盛宴。
羌戎—古代對西北少數民族通稱。
勞旋—犒勞凱旋歸來的戰士。
金甲—鎧甲的美稱。
雷鼓—形容鼓聲雷動。

瞿塘—瞿塘峽。
賈—商人。
期—指約定的歸期。
潮有信—潮水起落有一定的時間。
弄潮兒—在潮頭駕船或戲水的年輕人。

【卷六】

七言絕句

回鄉偶書

賀知章

少小離家老大回，鄉音無改鬢毛衰。
兒童相見不相識，笑問客從何處來？

桃花谿

張旭

隱隱飛橋隔野煙，石磯西畔問漁船。
桃花盡日隨流水，洞在清谿何處邊？

偶書－隨便寫的詩。
「少小」句－賀知章三十七歲中進士前就離開家鄉，回鄉時已年逾八十。
鄉音－家鄉的口音。
無改－沒有什麼變化。
鬢毛衰－兩鬢花白。

桃花谿－水名，在湖南省桃源山下。
飛橋－高橋，橋勢若飛。
石磯－水中高出的岩石。
洞－指《桃花源記》中武陵漁人找到的洞口。

九月九日憶山東兄弟

王維

獨在異鄉為異客，每逢佳節倍思親。
遙知兄弟登高處，遍插茱萸少一人。

芙蓉樓送辛漸

王昌齡

寒雨連江夜入吳，平明送客楚山孤。
洛陽親友如相問，一片冰心在玉壺。

九月九日－重陽節。古以九為陽數。故曰重陽。
山東－指函谷關與華山以東。
登高－古代風俗，九九重陽日登高飲菊花酒。
茱萸－一種常綠帶香的植物，在重陽節佩插以避邪。

芙蓉樓－故址在今江蘇鎮江西北，故吳之地。
辛漸－作者的好友。
平明－天剛亮。
楚－兩湖一帶為故楚之地。
「一片」句－喻品格高潔。
玉壺－用玉做的壺。

閨怨

王昌齡

閨中少婦不知愁，春日凝妝上翠樓。
忽見陌頭楊柳色，悔教夫婿覓封侯。

春宮曲

王昌齡

昨夜風開露井桃，未央前殿月輪高。
平陽歌舞新承寵，簾外春寒賜錦袍。

閨怨—少婦的幽怨。
凝妝—盛妝。
翠樓—樓閣美稱。
陌頭—路旁。
覓封侯—從軍建功封爵。

露井—指沒有覆蓋的井。
未央—未央宮。
月輪—一輪明月。
「平陽」句—指西漢平陽公主家的歌女，善歌舞，後為漢武帝寵幸，立為皇后。

涼州詞

王翰

葡萄美酒夜光杯，欲飲琵琶馬上催。
醉臥沙場君莫笑，古來征戰幾人回？

送孟浩然之廣陵

李白

故人西辭黃鶴樓，煙花三月下揚州。
孤帆遠影碧空盡，惟見長江天際流。

夜光杯－用白玉精製而成，光明夜照。這裡指精美的酒杯。

「欲飲」句－正要開懷暢飲時，馬上的樂隊已彈起琵琶，催人出發了。

黃鶴樓－今湖北武漢長江邊，相傳仙人王子安駕鶴經過此處得名。

煙花－形容春天花氣如煙。

三月－指暮春。

早發白帝城

李白

朝辭白帝彩雲間，千里江陵一日還。
兩岸猿聲啼不住，輕舟已過萬重山。

逢入京使

岑參

故園東望路漫漫，雙袖龍鍾淚不乾。
馬上相逢無紙筆，憑君傳語報平安。

白帝城—位於四川奉節瞿塘峽口江岸，相傳西漢末年公孫述據地建都。
啼不住—不停啼叫。
入京使—回京城長安的使者。
故園—岑參故鄉。
龍鍾—形容涕泗縱橫的樣子。
憑—託付。
傳語—傳口信。

江南逢李龜年

杜甫

岐王宅裡尋常見，崔九堂前幾度聞。
正是江南好風景，落花時節又逢君。

滁州西澗

韋應物

獨憐幽草澗邊生，上有黃鸝深樹鳴。
春潮帶雨晚來急，野渡無人舟自橫。

李龜年—唐朝開元、天寶年間的著名樂師。安史之亂後流落江南，賣藝為生。

岐王—李洪。玄宗之弟，雅愛文章。

崔九—掌管朝集禮儀之事的殿中監崔滌，乃玄宗寵臣。

君—指李龜年。

滁州—今安徽滁縣。

憐—愛。

黃鸝—黃鶯。

野渡—無人擺渡的渡口。

橫—隨意漂浮。

楓橋夜泊

張繼

月落烏啼霜滿天，江楓漁火對愁眠。
姑蘇城外寒山寺，夜半鐘聲到客船。

寒食

韓翃

春城無處不飛花，寒食東風御柳斜。
日暮漢宮傳蠟燭，輕煙散入五侯家。

楓橋—今蘇州市閶門外。

漁火—漁船上的燈火。

對愁眠—因愁思而無法入睡。

寒山寺—相傳高僧寒山居此而得名。

夜半鐘聲—吳中僧寺常有夜半鳴鐘，謂之定夜鐘。

寒食—冬至後一百零五天為寒食節，禁火三日。

御柳—宮苑中的楊柳。

漢宮—此處以漢代唐。

傳蠟燭—寒食節的夜晚，以蠟燭賜給侯家作為照明。

五侯—漢成帝封諸舅為侯，世稱五侯。

月夜

劉方平

更深月色半人家，北斗闌干南斗斜。
今夜偏知春氣暖，蟲聲新透綠窗紗。

春怨

劉方平

紗窗日落漸黃昏，金屋無人見淚痕。
寂寞空庭春欲晚，梨花滿地不開門。

半人家—指一半人家照著月色。
闌干—斗星橫斜之意。
新透—初透。

金屋—相傳漢武帝幼時曾言，願築金屋藏其表妹阿嬌。此指婦人住的華屋。

征人怨

柳中庸

歲歲金河復玉關，朝朝馬策與刀環。
三春白雪歸青塚，萬里黃河繞黑山。

宮詞

顧況

玉樓天半起笙歌，風送宮嬪笑語和。
月殿影開聞夜漏，水晶簾捲近秋河。

金河—今內蒙古大黑河，水中泥色似金。

馬策—馬鞭。

刀環—刀柄上的銅環。

三春—春天。

青塚—相傳王昭君的墓地，芳草如茵，故有青塚之稱。

黑山—一名殺虎山，在今內蒙呼和浩特東南。

玉樓天半—形容天子所居住的樓宇高入雲霄。

月殿影開—指雲霧散去，月色清朗。

聞夜漏—夜裡聽到漏刻滴水的聲音。

秋河—此指銀河。

夜上受降城聞笛

李益

回樂峰前沙似雪，受降城外月如霜。
不知何處吹蘆管，一夜征人盡望鄉。

烏衣巷

劉禹錫

朱雀橋邊野草花，烏衣巷口夕陽斜。
舊時王謝堂前燕，飛入尋常百姓家。

受降城—據說唐初名將張仁願為防禦突厥，在黃河以北築城。
回樂峰—回樂縣境內的一座山峰，在今甘肅靈武西南。
蘆管—古人以蘆葉為管，管口有哨簧，管面有音孔，又名蘆笳、胡笳。
征人—戍邊將士。
朱雀橋—六朝時都城南門外，位於秦淮河上浮橋。
烏衣巷—秦淮南之巷名。東晉王導和謝安兩家族多居於此，因其子弟喜穿烏衣，故名之。
舊時—晉代。

春詞

劉禹錫

新妝宜面下朱樓，深鎖春光一院愁。
行到中庭數花朵，蜻蜓飛上玉搔頭。

後宮詞

白居易

淚濕羅巾夢不成，夜深前殿按歌聲。
紅顏未老恩先斷，斜倚熏籠坐到明。

春詞—春怨之詞。

宜面—妝容得宜。

蜻蜓—暗指頭上之香。

玉搔頭—玉簪，可用來搔頭。

按歌聲—擊拍而歌。

恩—指君王的寵愛。

熏籠—覆蓋熏香的竹籠。

贈內人

張祜

禁門宮樹月痕過，媚眼惟看宿鷺窠。
斜拔玉釵燈影畔，剔開紅焰救飛蛾。

集靈臺【二首·其一】

張祜

日光斜照集靈臺，紅樹花迎曉露開。
昨夜上皇新授籙，太真含笑入簾來。

內人—此指宮內習藝的少女。
禁門—即宮門。
窠—動物棲息的巢穴。
紅燄—指燈燄。
「剔開」句—用玉釵挑開燈焰救蛾，暗示宮娥猶如飛蛾，憐蛾亦有自憐之意。

集靈臺—即長生殿。

上皇—玄宗在安史之亂後被尊為太上皇。
籙—指道教的祕文，用紅筆寫在絹上。此處指唐玄宗召楊太真侍寢。
太真—楊貴妃的號。

【二首・其二】

虢國夫人承主恩，平明騎馬入宮門。
卻嫌脂粉汙顏色，淡掃蛾眉朝至尊。

題金陵渡

張祜

金陵津渡小山樓，一宿行人自可愁。
潮落夜江斜月裡，兩三星火是瓜州。

虢國夫人—楊貴妃的三姊。

平明—拂曉。

蛾眉—蠶蛾觸鬚彎且細長，以喻美人之眉。

金陵渡—渡口名，在今江蘇鎮江市附近。

小山樓—作者宿處，在金津渡口小山上。

宿—過夜。

兩三星火—燈火稀疏似星光。

瓜州—與鎮江隔江相對，州形似瓜，故名。

宮詞

朱慶餘

寂寂花時閉院門，美人相並立瓊軒。
含情欲說宮中事，鸚鵡前頭不敢言。

近試上張水部

朱慶餘

洞房昨夜停紅燭，待曉堂前拜舅姑。
妝罷低聲問夫婿，畫眉深淺入時無？

花時—盛春花開時節。
瓊軒—對廊臺的美稱。
情—此處指幽怨之情。

近試—將近進士考試之時。
上—呈獻。
張水部—即張籍。
停—對放。
舅姑—公婆。
入時無—打扮得是否入時。

將赴吳興登樂遊原

杜牧

清時有味是無能，閑愛孤雲靜愛僧。
欲把一麾江海去，樂遊原上望昭陵。

赤壁

杜牧

折戟沉沙鐵未銷，自將磨洗認前朝。
東風不與周郎便，銅雀春深鎖二喬。

吳興—今浙江湖州市。

「清時」句—在此承平之時，我卻沉浸在閒靜生活的興味中，實在是無能。

把—拿著。

麾—州太守的節旌。

昭陵—唐太宗之墓。

戟—兵器。

前朝—指三國時代。

東風—指若不是東風幫了大忙，吳蜀聯軍豈能敗曹操於赤壁。

周郎—吳都督周瑜。

銅雀—銅雀臺，曹操所建遊冶處。

二喬—東漢喬玄有二女，孫策納大喬，周瑜納小喬。

泊秦淮

杜牧

煙籠寒水月籠沙，夜泊秦淮近酒家。
商女不知亡國恨，隔江猶唱後庭花。

寄揚州韓綽判官

杜牧

青山隱隱水迢迢，秋盡江南草未凋。
二十四橋明月夜，玉人何處教吹簫？

秦淮—即秦淮河，歷代均為繁華之地。

商女—以歌唱為生的樂妓。

後庭花—陳後主所作，代指靡靡之樂。

韓綽—其人不詳。

判官—觀察史、節度史的屬官。

二十四橋—揚州名橋。

玉人—指韓綽。

遣懷

杜牧

落魄江湖載酒行，楚腰纖細掌中輕。
十年一覺揚州夢，贏得青樓薄倖名。

秋夕

杜牧

銀燭秋光冷畫屏，輕羅小扇撲流螢。
天階夜色涼如水，坐看牽牛織女星。

楚腰—楚靈王好細腰女子，後世稱細腰為楚腰。

掌中輕—漢趙飛燕身形纖細，能為掌上舞。

青樓—即妓院。

薄倖—輕薄、薄情。

銀燭—白色的蠟燭。

畫屏—繪刻圖案的屏風。

天階—露天的臺階。

贈別【二首．其一】

杜牧

娉娉嫋嫋十三餘，豆蔻梢頭二月初。
春風十里揚州路，捲上珠簾總不如。

【二首．其二】

多情卻似總無情，唯覺樽前笑不成。
蠟燭有心還惜別，替人垂淚到天明。

娉娉嫋嫋—柔美多姿。

豆蔻—花名，用以比喻女子青春少艾。

「捲上」句—指品賞諸妓容貌，總覺得不如她漂亮。

樽—酒杯。

有心—一指蠟燭本身有芯，一喻情人有心。

金谷園

杜牧

繁華事散逐香塵，流水無情草自春。
日暮東風怨啼鳥，落花猶似墜樓人。

夜雨寄北

李商隱

君問歸期未有期，巴山夜雨漲秋池。
何當共剪西窗燭，卻話巴山夜雨時。

金谷園—晉代石崇的別墅。

逐—隨。

香塵—沉香屑。

墜樓人—指綠珠為石崇跳樓殉情的故事。

寄北—在四川的李商隱寫給在長安的妻子，故曰「寄北」。

巴山—泛指川東山脈。

何當—何日。

共剪西窗燭—在西窗下剪燭談心。

卻話—重談。

寄令狐郎中

李商隱

嵩雲秦樹久離居，雙鯉迢迢一紙書。
休問梁園舊賓客，茂陵秋雨病相如。

為有

李商隱

為有雲屏無限嬌，鳳城寒盡怕春宵。
無端嫁得金龜婿，辜負香衾事早朝。

令狐—李商隱在長安的朋友。
郎中—令狐當時任右司郎中。
嵩—中嶽嵩山。
雙鯉—書信。
梁園—漢梁孝王劉武，建梁園廣招賓客，司馬相如曾從遊於其幕下。
茂陵—司馬相如因病免官，家居茂陵。

為有—再有。

雲屏—雲母屏風。
鳳城—秦穆王女弄玉吹簫，鳳降其城，因號丹鳳城。
金龜—武則天時三品以上的官員，佩金飾的龜袋。
衾—被子。

隋宮

李商隱

乘興南遊不戒嚴，九重誰省諫書函。
春風舉國裁宮錦，半作障泥半作帆。

瑤池

李商隱

瑤池阿母綺窗開，黃竹歌聲動地哀。
八駿日行三萬里，穆王何事不重來？

戒嚴—帝王出行時的戒備儀仗。
九重—指宮廷。
省—省察。
宮錦—按官中規制織造的錦繡。
障泥—垂在馬鞍兩旁，用以遮蔽塵泥的布。
帆—風帆。

瑤池阿母—傳說西王母居崑崙山瑤池。
黃竹—指周穆王作哀民詩。
八駿—相傳周穆王有八匹駿馬。

嫦娥

李商隱

雲母屏風燭影深，長河漸落曉星沉。
嫦娥應悔偷靈藥，碧海青天夜夜心。

賈生

李商隱

宣室求賢訪逐臣，賈生才調更無倫。
可憐夜半虛前席，不問蒼生問鬼神。

雲母屏風—雲母石鑲製的屏風。

長河—銀河。

嫦娥—后羿之妻，相傳偷服不死藥而奔月。

宣室—天子所居住的正室，此指天子。

逐臣—貶謫之臣。

賈生—賈誼。

可憐—可惜，可嘆。

虛前席—空出坐席接待賓客。

蒼生—百姓。

瑤瑟怨

溫庭筠

冰簟銀牀夢不成，碧天如水夜雲輕。
雁聲遠過瀟湘去，十二樓中月自明。

馬嵬坡

鄭畋

玄宗回馬楊妃死，雲雨難忘日月新。
終是聖明天子事，景陽宮井又何人？

瑤瑟—玉鑲的華美的瑟。

冰簟—涼席。

銀牀—鑲嵌銀飾的牀，一說灑滿月光的牀。

瀟湘—瀟水和湘水合稱，舊說為南飛雁的居處。

十二樓—此指女子的住所。

馬嵬坡—即馬嵬驛，因晉代名將馬嵬在此築城而得名。

回馬—指唐玄宗由蜀還長安。

雲雨—男女之情。

日月新—指亂平。

景陽宮井—陳後主與寵妃投景陽殿井中，以避隋軍。

已涼

韓偓

碧闌干外繡簾垂，猩色屏風畫折枝。
八尺龍鬚方錦褥，已涼天氣未寒時。

金陵圖

韋莊

江雨霏霏江草齊，六朝如夢鳥空啼。
無情最是臺城柳，依舊煙籠十里堤。

猩色—血紅色。

折枝—花卉畫法之一，連枝摘下不帶根的花朵。

龍鬚—將燈芯草編織為席。

霏霏—細雨貌。

六朝—東吳、東晉、宋、齊、梁、陳六朝，皆在金陵建都。

臺城—晉、宋間稱朝廷禁省為「臺」，故稱禁城為「臺城」。

隴西行

陳陶

誓掃匈奴不顧身，五千貂錦喪胡塵。
可憐無定河邊骨，猶是深閨夢裡人。

寄人

張泌

別夢依依到謝家，小廊回合曲闌斜。
多情只有春庭月，猶為離人照落花。

匈奴—西北邊地部族。
貂錦—漢朝羽林軍穿著貂皮帽和錦袍，此指將士。
無定河—黃河支流，由內蒙入陝，因急流挾沙、深淺無定得名。

謝家—伊人家的代稱。泛指閨中女子。
闌—欄杆。
「多情」句—指夢後所見。
離人—此指尋夢人。

雜詩

無名氏

近寒食雨草萋萋，著麥苗風柳映堤。
等是有家歸未得，杜鵑休向耳邊啼。

萋萋—草繁盛貌。
著—吹入。
等是—同是，指自己和杜鵑。

【卷六】

七絕樂府

渭城曲

王維

渭城朝雨浥輕塵，客舍青青柳色新。
勸君更盡一杯酒，西出陽關無故人。

渭城—王維替元二餞別之處，今西安附近。
浥—沾溼。
陽關—今甘肅敦煌西南，為西北要隘。

秋夜曲

王維

桂魄初生秋露微，輕羅已薄未更衣。
銀箏夜久殷勤弄，心怯空房不忍歸。

桂魄—月亮。
羅—輕柔的絲綢。
殷勤—頻頻。
弄—撥弄。

長信怨

王昌齡

奉帚平明金殿開，且將團扇共徘徊。
玉顏不及寒鴉色，猶帶昭陽日影來。

出塞

王昌齡

秦時明月漢時關，萬里長征人未還。
但使龍城飛將在，不教胡馬渡陰山。

奉帚—指班婕妤失寵，在長信殿持帚灑掃。

平明—天剛亮。

團扇—圓扇，比喻女子失寵而遭冷落，有「秋扇見捐」之意。

昭陽—漢宮名，此喻君恩。

長征—指戍邊戰士。

但使—只須、只要。

飛將—防守邊塞的將軍李廣。

教—使得。

陰山—崑崙山北支，自漢武帝伐匈奴得北山後，便成中國歷代北方屏障。

出塞

王之渙

黃河遠上白雲間，一片孤城萬仞山。
羌笛何須怨楊柳，春風不度玉門關。

清平調【三首．其一】

李白

雲想衣裳花想容，春風拂檻露華濃。
若非群玉山頭見，會向瑤臺月下逢。

孤城—指涼州城。
萬仞—形容山勢高峻。
楊柳—古曲《折楊柳》，哀怨動人。
檻—有格子的窗戶。
群玉山—傳說中西王母所居的地方。
會—應是。
瑤臺—神仙居住的地方。

【三首．其二】

一枝紅豔露凝香，雲雨巫山枉斷腸。
借問漢宮誰得似？可憐飛燕倚新妝。

【三首．其三】

名花傾國兩相歡，常得君王帶笑看。
解識春風無限恨，沉香亭北倚闌干。

紅豔—指芍藥花。
斷腸—惆悵不已。
可憐—可愛的意思。

傾國—指絕色女子。
解識—得識，得以明白。
恨—妒。
沉香亭—長安興慶宮池畔亭名，為玄宗和貴妃賞花處。

金縷衣

杜秋娘

勸君莫惜金縷衣，勸君惜取少年時。

花開堪折直須折，莫待無花空折枝。

金縷衣—用金絲縷飾的衣裳。

莫惜—不要珍惜或留戀。

堪—可以，能夠。

直須—不必猶豫。

莫待—不要等到。

【附錄】

詩人略傳

張九齡（六七八～七四〇），字子壽，韶州曲江（今廣東韶關）人。官至中書令，後被貶為荊州長史。他以正直敢言見稱，既是詞臣又是賢相，惜遭李林甫讒謗，惹玄宗不悅，罷相歸里。他的詩勁煉質樸，後世談到他的詩文，必與其品節並論。著有《曲江張先生文集》。

李　白（七〇一～七六二），字太白，號青蓮居士，祖籍隴西成紀（今甘肅泰安縣），出生於中亞碎葉城（今吉爾吉斯共和國境內），少時隨父遷居四川綿州青蓮鄉。天寶元年，隨友人吳筠入長安，賀知章讀了李白的詩〈蜀道難〉，讚嘆其為天上謫仙，並推薦給唐玄宗，召為供奉翰林。後因侮弄宦官高力士，得罪寵妃楊玉環，於是辭官離京。安史之亂，李白因受牽連，被囚於潯陽，流放夜郎途中遇赦獲釋，最後病逝於當塗。李白一生曲折離奇，詩文高妙清逸，世稱詩仙。著有《李太白集》。

杜　甫（七一二～七七〇），字子美，號少陵野老，一號杜陵野老、杜陵布衣，祖籍襄陽（今湖北襄陽），出生於鞏縣（今河南鞏義）。杜甫和杜牧是宗親，同是晉朝滅東吳大將杜預的後裔。曾任左拾遺、檢校工部員外郎，世稱杜拾遺、杜工部。天寶初年，杜甫入京考試未第，在流浪期間結識李白、高適等詩人。杜甫曾在長安客居十年，奔走獻賦，但始終未獲賞識。安史亂起，他原想投靠肅宗，卻惹帝怒遭貶，往後十二年間輾轉流離，攜家寓居成都時曾修築茅屋棲身。貧病交迫的杜甫最後死在湘江舟中。杜甫一生仕途不濟，命運多舛，作品多反映當時社會現象，有悲天憫人的胸懷。他的詩歌格律工整，風格沉鬱頓挫，有詩史、詩聖之稱。著有《杜工部集》。

王　維（七〇一～七六一），字摩詰，太原祁人（今山西祁縣）。二十一歲中進士，官大樂丞，隨即因案受牽連，謫為參軍。天寶末年安祿山反，王維被俘，亂平後以附賊罪下獄，以〈凝碧〉詩表忠獲赦。後累遷尚書右丞，世稱王右丞。四十歲後隱居藍田輞川，妻亡無子，孑然一身。王維詩歌以描寫田園山水見長，此外還擅長音樂與繪畫，宋代詩人蘇軾讚「詩中有畫，畫中有詩」。著有《王右丞集》。

孟浩然（六八九～七四〇），襄州襄陽人（今湖北襄陽），世稱孟襄陽。他曾在太學賦詩，詩與王維齊名，並稱王孟，且與張九齡交好，但終身是個布衣。孟浩然的詩歌多為五言短篇，擅寫田園隱逸，繼陶淵明、謝靈運後，開啟盛唐田園山水詩派先聲。著有《孟浩然集》。

王昌齡（六九八～七五六），字少伯，山西太原人。進士及第後補校書郎，開元年間選博學宏詞科，改任汜水縣尉。後貶江寧丞，再貶龍標尉，仕途不順。晚年棄官還鄉，為刺史閭丘曉所殺。王昌齡乃盛唐著名詩人，時人稱王江寧；他擅長七言絕句，描寫邊塞戰爭氣魄雄渾，寫閨中幽怨感傷抒情，有「詩家天子」、「七絕聖手」的美譽。

邱　為（六九四～七八九），嘉興人（今屬浙江）。天寶進士，以孝養雙親備受稱道，卒年九十六，相傳是唐代享壽最高的一位詩人。著有《邱為集》。

綦毋潛（六九二～七五五），複姓綦毋，字孝通，湖北江陵人（一說是江西贛縣人）。開元進士，後歸隱江東。他的詩清麗秀逸，擅寫尋幽訪隱與方外之情。

常　建（七〇八～七六五），故里不詳。常建雖然是開元進士，但一生仕宦不得意，只做過盱眙尉的小官，於是縱情山水，詩作也多以山水田園為主。

岑　參（七一五～七七〇），原籍南陽，遷居江陵。他少年失怙，從兄讀書，三十歲才考上進士，當過參軍、安西節度使幕府書記等職，在邊塞駐守兩次共六年。晚年罷官入蜀，客死成都。邊塞霜雪、沙場征戰、壯士豪情，在他的筆下活靈活現，是盛唐最著名的邊塞詩人。

元　結（七二三～七七二），字次山，號漫叟，魯山人（今河南）。三十一歲舉進士，參加討伐安祿山叛亂有功，曾任道州刺史。在政治上，他曾多次上書批評時政，在文學上，他力排綺靡之習，詩風樸質通俗。著有《元次山文集》。

韋應物（七三七～七九二），京兆長安人（今陝西西安）。少年時以三衛郎身分侍候唐玄宗。安史亂起，玄宗出逃，社會動盪，韋應物失了依靠，體認到世事無常，漸漸有了求道之心。他發奮讀書考中進士，因曾做過蘇州刺史，世稱韋蘇州。四十二歲辭官，決心修煉道家清淨無為的義理，晚年定居蘇州城外永定寺。韋應物的詩以寫田園風物著稱，閑淡古樸的詩風，非常接近陶淵明。

柳宗元（七七三～八一九），字子厚，河東郡人（今山西永濟）。他與韓愈是古文運動的倡導者，並稱「韓柳」，為唐宋八大家之首。柳宗元文章風格雄健似司馬遷，詩句淡雅而味深長，評價很高。柳宗元二十一歲登博學鴻詞科，夙有才名，後被貶為永州司馬，死於柳州刺史任內。好友劉禹錫將他的遺稿編為四十五卷，題為《柳先生文集》。

孟郊（七五一～八一四），字東野，湖州武康人（今浙江德清），孟浩然孫。年輕時隱居嵩山，四十六歲才登進士第，四年後任溧陽縣尉。窮困失意的生活，憂鬱不平的心境時常反映在他的作品中。他作詩態度嚴謹，風格冷僻艱澀，與賈島都以苦吟著稱，蘇軾稱「郊寒島瘦」。著有《孟東野集》。

陳子昂（六六一～七〇二），字伯玉，梓州射洪人（今四川射洪）。幼時家境富裕，喜射獵博戲，十八歲才發憤讀書，考上進士，歷官至中書省右拾遺。他喜歡上書針砭時弊，曾兩度隨軍遠征，後遭誣陷入獄，憂憤而死。陳子昂對六朝頹靡浮華的文風十分不滿，力主漢魏古風，提倡風雅比興，恢復寫實載道的言志文學，頗受韓愈稱道，杜甫、白居易也很欣賞他。著有《陳伯玉集》。

李頎（六九〇～七五一），少居穎陽（今河南登封），開元進士。他出身士族，年少輕狂時多結交富豪輕薄子弟；中舉後出任縣尉，考績連續不優，乾脆辭官歸隱。他與王維、王昌齡、高適等結交，詩作格調雄渾奔放，以邊塞詩著稱。著有《李頎集》。

韓　愈（七六八～八二四），字退之，南陽人（今河南孟縣），先祖世居昌黎，故自稱昌黎韓愈，世稱韓昌黎。自小貧困，刻苦勵學，二十五歲進士及第，積極提倡古文運動，與柳宗元提出「文以載道」的口號，世以「韓柳」並稱；後人將他與宋代歐陽修等古文家合稱「唐宋八大家」。憲宗元和年間，因上表諫迎佛骨被貶；晚年任國子祭酒，卒於長安京兆尹任內，因諡文，世稱韓文公。韓愈詩文奇崛險怪，風格與孟郊相近，詩壇有「韓孟」之稱。著有《韓昌黎全集》。

白居易（七七二～八四六），字樂天，號香山居士，生於河南新鄭。貞元年間進士，曾任校書郎、左拾遺、贊善大夫等職，後因得罪權貴，貶江州司馬。後歷任杭州、蘇州刺史，並任太子少傅，分司東都，死後葬於洛陽香山。白居易詩文平易近人，是新樂府運動的倡導者。他晚年寄情詩酒，號醉吟先生。初與元稹相酬詠，號稱「元白」；又與劉禹錫唱和，人稱「劉白」。有詩魔之稱。

李商隱（八一三～八五八），字義山，號玉谿生、樊南生，祖籍懷州河內（今河南沁陽）。以文才見知於牛黨令狐楚，受推薦登進士弟；後入李黨王茂元幕下，王以女嫁之。當時宗派傾軋爭鬥，李商隱左右不是，得不到諒解，仕途坎坷的苦悶，讓他寫下許多曲折晦澀的詩句。晚唐詩風崇尚唯美，他的抒情詩綺麗中帶有冷峭之美，與杜牧、溫庭筠並列代表。著有《樊南甲集》、《樊南乙集》、《李義山詩集》。

高　適（七〇六～七六五），字達夫，滄州渤海人（今河北景縣）。早年狂放落拓，過著四處流浪的遊俠生活。他曾兩度出塞，去過遼陽、河西、潼關，對邊塞生活的體認甚深，他的詩慷慨豪放，雄渾悲壯，是盛唐邊塞詩派的領軍人物。著有《高常侍集》。

唐玄宗（六八五～七六二），名隆基，睿宗李旦的第三子。二十八歲即位，世有開元之治。冊封楊太真為貴妃，任其兄楊國忠恃寵弄權，造成安祿山叛變，而有天寶之亂。玄宗在位期間，是唐朝由盛變衰的關鍵時期。唐玄宗愛好音樂，講究聲律，擅長作曲。他曾選樂工，教導宮女在禁苑梨園歌舞，這是後來稱戲班為「梨園」的由來。唐玄宗在位四十三年，有詩一卷。

王　勃（六五〇～六七六），字子安，絳州龍門人（今山西和津）。他出身望族，是隋末大儒王通的孫子，自小就能寫詩作賦，以神童被舉薦於朝廷。後因一篇戲作得罪高宗，官職被廢。其父降官當交趾令，王勃前往探視時，渡海溺水而死。許多從事漁業、航海者悼念王勃，尊稱他為水仙王，供奉於船上、港口、河邊。王勃是初唐傑出的青年詩人，與楊炯、盧照鄰、駱賓王齊名，稱「初唐四傑」。他的詩多抒發個人情志，擅長寫離別懷鄉。著有《王子安集》。

駱賓王（六四〇～六八四），婺州義烏人（今浙江義烏）。七歲能詩，號稱神童，據說〈詠鵝詩〉就是此時所做。武后專政，徐敬業起兵，駱賓王起草著名的〈為徐敬業討武曌檄〉。徐氏事敗，駱賓王也不知所終。扶鸞的信眾以駱賓王之忠肝義膽與文采昂揚，尊之為神，號稱「南天駱恩師」，每年端午皆盛大奉祀。駱賓王才高位卑，悲憤之情時見詩文；對革新初唐的浮靡詩風，建立五言律詩的格律，有重要的貢獻。今有《駱臨海集》傳世。

杜審言（六四五～七〇八），字必簡，祖籍襄陽（今湖北襄樊），是杜甫的祖父。高宗咸亨間進士，歷任尉、丞等職；武后時，為著作佐郎；中宗時，為國子監主簿、修文館直學士。杜審言恃才傲世，與李嶠、崔融、蘇味道並稱「文章四友」。他工於五律，詩句多為寫景、唱和及應制之作，以渾厚見長。有文集十卷。

沈佺期（六五六～七一四），字雲卿，相州內黃人（今河南安陽市內黃縣），高宗上元年間進士。武后時，因受賄入獄；中宗時，被流到驩州（今越南），後召拜起居郎兼修文館直學士，常侍宮中。沈佺期工於五律，與宋之問同為當時著名的宮廷詩人，並稱「沈宋」，所作多為歌舞昇平的應制詩，風格綺靡。後人輯有《沈佺期集》。

宋之問（六五六～七一二），字延清，一名少連，汾州人（今山西汾陽）。宋之問弱冠知名，實則弄臣，傾附張易之、武三思，居位不廉；流配欽州途中賜死。宋之問與沈佺期齊名，詩有齊梁靡靡之風。後人輯有《宋之問集》。

王　灣（六九三～七五一），洛陽人。玄宗先天年間進士，後參與群籍整理工作，以洛陽尉終。王灣以詞翰著稱，往來吳楚間，多有著述，現存詩十首。

劉長卿（七〇九～七八〇），字文房，宣城人，郡望河間。開元進士，曾任監察御史，因剛犯上，兩度遷謫，終隨州刺史，世稱劉隨州。他長於寫五言近體詩，內容多寫荒村水鄉、幽寒孤寂，或抒發對世途離亂的感觸；意境平實，著重詩律與文字的推敲，是中唐知名詩人。著有《劉隨州集》。

錢　起（七一〇～七八二），字仲文，吳興人（今浙江湖州）。天寶進士，曾任考功郎中，世稱錢考功。代宗大曆中為翰林學士，與劉長卿、李益、韓翃、盧綸等被譽為「大曆十才子」。錢詩詞藻清麗，善寫自然情景。有《錢考功集》。

韓　翃，字君平，南陽人（今河南南陽）。天寶年間進士，官至中書舍人。他的詩多為贈別之作，在當時頗富盛名，與錢起、劉長卿等號稱「大曆十才子」。著有詩集五卷。

劉昚虛，字全乙，洪州新吳人（今江西奉新）。開元進士，曾任洛陽尉及夏縣令。他為人淡泊，交遊多山僧道侶，詩多寫山水隱逸之趣，風格清淡空靈，後人將他與賀知章、包融、張旭稱「吳中四友」。

戴叔倫（七三二～七八九），字幼公，潤州金壇人（今屬江蘇常州）。歷任東陽令、撫州刺史，吏治清明，為世人推崇；晚年上表自請為道士。他的詩多寫農村生活，也有一些邊塞詩，反映戰亂後的民間苦狀。抒情之作則講究韻味，婉轉真摯。明人輯有《戴叔倫集》。

盧　綸（七三九～七九九），字允言，河中府蒲縣人（今山西臨汾市蒲縣）。曾於天寶末年中進士，他在安史之亂時避亂九江，後屢試不第。經宰相元載、王縉舉薦，累官至監察御史，因受政治牽連，終身未獲重用。盧綸是「大曆十才子」之一，曾在河中節度使渾瑊幕下，任檢校戶部郎中，後世遂稱「盧戶部」。他的邊塞詩雄渾悲壯，氣勢不凡。有《盧戶部詩集》。

李　益（七四六～八二九），字君虞，隴西姑臧人（今甘肅武威）。大曆年間進士，因仕途失意，棄官後在燕趙漫遊。李益是中唐邊塞詩的代表詩人之一，長於五七言絕句，詩多描寫邊塞情景和征戍心情，風格豪爽明快又帶著憂傷，常引教坊樂工爭相求取傳唱。

司空曙（七二〇～七九〇），字文明，廣平人（今河北永年縣東南）。他的詩作多寫自然景色和鄉情旅思，長於五律。詩風樸素真摯，是「大曆十才子」之一。

劉禹錫（七七二～八四二），字夢得，生於嘉興（今屬浙江），先祖是匈奴人。劉禹錫與柳宗元同榜登進士，又舉博學宏詞科，銳意仕途，頗受當朝器重。順宗即位，劉禹錫迭遭貶謫，十數年的民間生活，他吸取民歌養分，作竹枝詞、楊柳枝詞，詩樂融和，意味雋永，在當時有「詩豪」之稱。著有《劉夢得文集》三十卷。

張　籍（約七六八～八三〇），字文昌，和州烏江人（今安徽和縣）。德宗貞元進士，歷任太常寺太祝，因患眼疾，孟郊稱他為「窮瞎張太祝」。後由孟郊介紹認識韓愈，被薦為國子博士，歷任水部員外郎、國子司業，時稱「張水部」或「張司業」。張籍所作樂府詩多批判社會，同情百姓遭遇，與王建並稱「張王樂府」；與白居易，孟郊等所作的詩歌被稱為「元和體」。著有《張司業集》。

杜　牧（八〇三～八五二），字牧之，號樊川，京兆萬年人（今陝西西安）。杜牧出身顯赫，是西晉軍事家杜預的十六世孫，祖父是唐朝著名宰相杜佑。杜牧曾任中書舍人，人稱杜紫微。自少喜好論兵，做過多篇文章談論軍事。他擅長五言古詩和七律，氣骨遒勁，筆力健舉，時人稱「小杜」，以別於杜甫；又與李商隱齊名，人稱「小李杜」。著有《樊川文集》。

許　渾（七九一～八五八），字仲晦，潤州丹陽人（今江蘇丹陽）。太和進士，歷任監察御史、二州刺史，晚年歸隱丁卯澗橋村舍，著有《丁卯集》。許渾詩作多五、七言律詩，聲調平仄自成一格，即所謂「丁卯體」；詩多寫水，有「許渾千首濕」之諷。

溫庭筠（八一二～八七〇），字飛卿，原名歧，太原祁人（今山西祁縣）。溫庭筠是晚唐著名詩人，詞風濃綺豔麗。溫庭筠能文善樂，卻科場失意，屢試不第。由於相貌醜陋，有「溫鍾馗」之稱；又因文思敏捷，叉手一吟便成一韻，八叉八韻就能完成一篇律賦，時人亦稱「溫八叉」。溫庭筠詩風上承唐朝詩歌傳統，下啟五代文人填詞風氣之先，詞風華麗穠豔，和李商隱並稱「溫李」，後世詞人如馮延巳、周邦彥、吳文英等多受他影響。

馬　戴（七九九～八六九），字虞臣，華州人（今陝西華陰）。早年屢試落第，客遊關中一帶。武宗年間進士及第，宣宗年間因直言遭貶，後得赦還京，以太常博士終。他的詩多投贈應酬或羈旅山林之作，詩風與賈島相近。有《會昌進士詩集》一卷。

張　喬，今安徽貴池人，生卒年不祥。懿宗咸通年間進士，與許棠、鄭谷等東南才子稱「咸通十哲」。因避黃巢之亂，隱居九華山。他的詩清雅逸俊，風格也似賈島。

崔　塗，字禮山，今浙江富春江人。僖宗光啟四年（西元八八八年）進士。家在江南，卻窮年羈旅在外，詩多以漂泊生活為題材，情調蒼涼。

杜荀鶴（八四六～九〇四），字彥之，號九華山人，池州石埭人（今安徽石台）。他出身寒微，相傳是杜牧出妾之子，因排行第十五，故稱「杜十五」。昭宗大順二年進士，後任五代梁太祖朱溫的翰林學士，僅五日而卒。杜荀鶴傳世之作以七律為多，部分作品反映唐末社會亂象，以及他自己追求功名的際遇。

韋　莊（八三六～九一〇），字端己，京兆杜陵人（今陝西西安），相傳其先祖是盛唐田園派詩人韋應物。昭宗乾寧元年登進士第。朱溫篡唐，他勸西川節度使王建稱帝，是為前蜀，他便做了蜀國宰相。韋莊是花間派詞人，詞風清麗，與溫庭筠並稱「溫韋」。著有《浣花集》。

僧皎然（七三〇～七九九），俗姓謝，字清晝，吳興人，是南朝宋謝靈運的十世孫。曾與顏真卿等唱和往還，又與靈澈、陸羽同居杼山妙喜寺。他的詩清麗閑淡，多為贈答送別、山水遊賞之作。有《杼山集》與詩論《詩式》。

崔　顥（七〇四～七五四），汴州人（今河南開封）。開元年間進士，天寶初，入朝為太僕寺丞，官終尚書司勳員外郎。前期詩作多寫閨情，後歷經邊塞生活，詩風變得雄渾奔放。舊唐書將他與王昌齡、高適、孟浩然並提，但他宦海浮沉，終未得志；詩名很大，流傳事跡卻甚少。

祖　詠（六九九～七四六），洛陽人（今河南洛陽）。少有文名，進士及第後，長期未授官，入仕又遭遷謫。落拓歸隱汝水一帶，以漁樵終其一生。祖詠與王維結交多年，有詩唱和；詩多狀景詠物，也帶有詩中有畫的色彩。

崔　曙（七〇四～七三九），宋州人（今河南登封），開元二十三年第一名進士，但只做過河南尉一類的小官，晚年隱居河南嵩山。其詩多寫景摹物，寄寓鄉愁幽思，詞句對仗工整，詞氣多悲。

皇甫冉（七一六～七六九），字茂政，潤州丹陽人（今江蘇丹陽）。十歲能文，張九齡呼為小友。天寶舉進士第一，安史之亂時，入陽羨山隱居。大曆初年，累遷右補闕，是「大曆十才子」之一。他的詩句精玄微妙，〈巫山峽〉又有唐人三峽詩魁首之稱。

元　稹（七七九～八三一），字微之，別字威明，河南洛陽人，為北魏宗室鮮卑族拓跋部後裔。德宗貞元年間擢明經科第，授校書郎後始作詩。元稹最擅長艷詩和悼亡詩，他貶官江陵時悼念亡妻詩作〈遣悲懷〉，情真意摯，頗能感人。和白居易共同提倡「新樂府」，世人常把他和白居易並稱「元白」；這種介於雅俗之間的詩歌作品，則稱為元和體。

薛　逢，字陶臣，蒲州人（今山西永濟）。會昌元年進士，歷侍御史、尚書郎，因恃才傲物，屢忤權貴，故仕途頗不得意。

秦韜玉，字中明，京兆人（今陝西西安）。能詩善文，歷丞郎、工部侍郎，被特賜進士及第。秦韜玉年輕時便有詩名，擅七律，典麗工整。

裴　迪，關中人（今屬陝西）。官蜀州刺史及尚書省郎，一生以詩文見稱，是盛唐著名的山水田園詩人。與「詩佛」王維過從甚密，多與王維唱和應酬之作。天寶後，裴迪隨王縉入蜀，與杜甫、李頎友善，也相唱和。

王之渙，字季凌，并州人（今山西太原）。曾任冀州衡水主簿，因被人誣謗，乃拂袖去官，後復出任縣尉。他擅長描寫邊塞風光，早年精於文章，並善於寫詞，多引為歌詞，常與王昌齡、高適等詩人互相唱和。

李　端（七三一～七九二），字正己，趙州人（今河北趙縣）。少居廬山，與道士交遊。大曆五年進士，授秘書省校書郎，因事貶杭州司馬。辭官隱居衡山，自號「衡山幽人」，是「大曆十才子」之一。

王　建（七六八～八三五），字仲初，潁川人（今河南許昌）。家貧，早年從軍走馬，後任縣丞、司馬等低階官僚，世稱「王司馬」。他寫大量樂府詩，同情百姓疾苦；又寫過宮詞百首，描繪宮中風物人情。他的樂府詩與張籍齊名，世稱「張王樂府」。

權德輿（七五九～八一八），字載之，天水略陽人（今甘肅秦安）。四歲能詩，年方十五便以文章著稱，德宗召為太常博士，累官至同中書省門下平章事，憲宗時與宰相李吉甫不合，為山南西道節度使。權德輿能詩賦、工古調，是中唐臺閣體重要作家，文章雅正弘博，著有《權文公文集》。

張　祜（約七八五～八四九），字承吉，清河人（今屬河北）。他家世顯赫，被人稱作張公子；因性情狷介，終生沒有進身仕途。張祜流連詩酒，詩風沉靜有隱逸之氣，有詩集十卷傳世。

賈　島（七七九～八四三），字浪仙，范陽人（今河北涿州市）。他曾做過出家人，法號無本，還俗參加科舉，但仕途不順。文宗時任長江主簿，世稱「賈長江」。賈島是著名的苦吟派詩人，相傳他在驢背上苦思「鳥宿池邊樹，僧推月下門」兩句，反覆斟酌用推還是敲，致錯入了韓愈的儀仗。他擅長五言律詩，意境多孤苦荒涼；蘇軾曾以「郊寒島瘦」，評價他和詩人孟郊。

李　頻（八一八～八七六），字德新，睦州壽昌人（今浙江建德）。宣宗大中八年進士，相傳他在作武功縣令時，能賑饑戮豪，以禮法治下，僖宗時死於建州刺史任上。李頻的詩以寫山水別情為主。

金昌緒，餘杭人（今浙江杭州）。身世不可考，詩傳於世僅〈春怨〉一首。

西鄙人，指西塞邊地之人。〈哥舒歌〉是一首關於哥舒翰功德的民歌，作者生平姓名已不可考。

賀知章（六五九～七四四），字季真，號石窗，晚號四明狂客，越州永興人（今浙江蕭山）。武朝證聖初年擢進士第，累遷禮部侍郎、集賢院學士等；天寶三年棄官歸隱成為道士。賀知章的詩清新脫俗，且擅長草書和隸書；他和張旭、張若虛、包融合稱「吳中四士」；與李白是好友，曾讚嘆李白是「謫仙人也」。賀知章詩文以絕句見長，除祭神樂章、應制詩外，其寫景、抒懷之作亦風格獨特。

張　旭，字伯高，吳郡人（今江蘇蘇州），有「草聖」之稱。開元年間官至常熟尉，後又為金吾長史，世稱「張長史」。文宗將張旭的草書、李白的詩詞、斐旻的劍舞合稱三絕。張旭以豪飲知名，醉後呼叫狂走，即興揮毫，稱之為狂草，世人還給他取了個雅號「張顛」。

王　翰，字子羽，并州晉陽人（今山西太原）。睿宗景雲元年進士，曾歷秘書正字、通事舍人、員外郎等官職，後貶道州司馬。王翰詩作多吟詠沙場少年、玲瓏女子及歡歌飲宴等，表達對人生短暫的感嘆和及時行樂的情懷。

張　繼，字懿孫，襄州人（今湖北襄陽縣），天寶十二年進士，大歷中，以檢校祠部員外郎為洪州鹽鐵判官。張繼和劉長卿、皇甫冉、顧況等交遊往還，詩多登臨紀行之作，以〈楓橋夜泊〉最為人知。有《張祠部詩集》。

劉方平，河南洛陽人，相傳是當時有名的美男子。天寶曾應進士試，又欲從軍，均未如意，從此終生隱居未仕。他與皇甫冉、李頎是詩友，詩作多詠物寫景、閨情鄉思，尤擅長絕句。

柳中庸，名淡，中庸是他的字，河東人（今山西永濟），為柳宗元的姪子，弟柳中行亦有文名。大曆年間進士，曾官洪府戶曹。柳中庸與盧綸、李端是詩友，其詩以寫邊塞征怨為主。

顧　況，字逋翁，蘇州人。一生官位不高，曾任著作郎，因詩得罪權貴，貶司戶參軍。晚年隱居茅山，自號悲翁。顧況的詩歌清新自然，質樸平易，是新樂府詩歌運動的先驅。

朱慶餘，名可久，越州人（今浙江紹興）。敬宗寶曆二年進士，任校書郎等職，深受張籍賞識，在當時頗有詩名。

鄭　畋（八二五～八八三），字臺文，滎陽人（今屬河南）。武宗會昌進士，唐末宰相，曾鎮壓過黃巢軍。

韓　偓，字致堯，一作致光，小名冬郎，號玉山樵人，京兆萬年人（今陝西西安）。韓偓自幼聰穎。十歲能詩，李商隱是他的姨父。官至兵部侍郎、翰林學士，曾貶濮州司馬。因不肯依附叛亂篡位的朱全忠，避身福建終老。韓偓詩慷慨激昂，迥異於晚唐的靡靡之音；擅寫宮詞，辭藻豔麗，號為香奩體。有《韓內翰集》、《香奩集》。

陳陶，字嵩伯，號三教布衣，福建南平人。宣宗大中時遊學長安，後浪遊贛皖諸地，留下大量詩作，多為憂時憫亂、感嘆身世。南唐時，隱居洪州（今江西南昌）西山，不知所終。

張泌，字子澄，淮南人。唐末登進士第，仕於南唐，後隨后主歸宋。張泌的詩歌風格近於溫庭筠、韋莊，婉約情切。

杜秋娘，金陵人。十五歲被浙西觀察使李錡納為妾侍，李錡謀反被鎮壓後，她被納入宮中，受憲宗寵幸。穆宗即位，命為皇子李湊的傅姆。後來李湊被廢去漳王之位，杜秋娘便回到故鄉，孤老以終。

節選

朱自清《唐詩三百首》指導大概

有些人生病的時候或煩惱的時候，拿過一本詩來翻讀，偶爾也朗吟幾首，便會覺得心上平靜些，輕鬆些。這是一種消遣，但跟玩骨牌和紙牌等等不同，那些大概只是碰碰運氣。跟讀筆記一類書也不同，那些書可以給人新的知識和趣味，但不直接調平情感。

讀小說在這些時候大概只注意在故事上，直接調平情感的效用也不如詩。詩是抒情的，直接訴諸情感，又是節奏的，同時直接訴諸感覺，又是最經濟的，語短而意長。具備這些條件，讀了心上容易平靜輕鬆，也是自然。自來說，詩可以陶冶性情，這句話不錯。

但是詩決不只是一種消遣，正如筆記一類書和小說等不是一樣的。詩調平情感，也就是節制情感。詩裡的喜怒哀樂跟實生活裡的喜怒哀樂不同，這是經過「再團再煉再調和」的。詩人正在喜怒哀樂的時候，決想不到作詩。

必得等到他的情感平靜了，他才會吟味那平靜了的情感想到作詩，於是乎運思造句，作成他的詩，這才可以供欣賞。要不然，大笑狂號只教人心緊，有什麼可欣賞的呢？

讀詩所欣賞的便是詩裡所表現的那些平靜了的情感。假如是好詩，說的即使怎樣可氣可哀，我們還是不厭百回讀的。在實生活裡便不然，可氣可哀的事我們大概不願重提。

這似乎是有私、無私或有我、無我的分別，詩裡無我，現實生活裡有我。別的文學類型也都有這種情形，不過詩裡更容易見出。讀詩的人直接吟味那無我的情感，欣賞它的發而中節，自已也得到平靜，而且也會漸漸知道節制自已的情感。一方面因為詩裡的情感是無我的，欣賞起來得設身處地，替人著想。這也可以影響到性情上去。節制自已和替人著想這兩種影響都可以說是人在模仿詩。詩可以陶冶性情，便是這個意思，所謂溫柔敦厚的詩教，也只該是這個意思。

欣賞文藝，欣賞中國文學名著，都不能忽略讀詩。讀詩家專集不如讀詩歌選本。《唐詩三百首》正是一般的選本。這部詩選很著名，流行最廣，從前是家弦戶誦的書，現在也還是相當普遍的書。唐代是詩的時代，許多大詩家都在這時代出現，各種詩體也都在這時代發展。

這部書選在清代中葉，入選的差不多都是經過一千多年淘汰的名作，差不多都是歷代公認的好詩。高中學生讀這部書，靠著注釋的幫忙，可以吟味欣賞，收到陶冶性情的益處。

初學讀詩，往往給典故難住。他們一回兩回不懂，便望而生畏，因畏而懶，這會斷了他們到詩去的路。所以需要注釋。但典故多半是歷史的比喻和神仙的比喻；用典故跟用比喻往往是一個理，並無深奧可畏之處。不過比喻多取材於眼前的事物，容易了解些罷了。

廣義的比喻連典故在內，是詩的主要的生命素；詩的含蓄、詩的多義、詩的暗示力，主要的建築在廣義的比喻上。典故有一部分原是事物的比喻，有一部分是事蹟，另一部分是成辭，得知道出處，才能了解正確。

本書選詩，各方面的題材大致都有，分配又勻稱，沒有單調或瑣屑的弊病。這也是唐代生活小小的一個縮影。唐代音樂圖畫特別發達，反映到詩裡，便增加了題材的項目。在各種題材裡，「出處」是一重大的項目。

從前讀書人唯一的出路是出仕，出仕為了行道，自然也為了衣食。出仕以前的隱居，幹謁，應試（落第）等，出仕以後的恩遇，遷謫，乃至憂民，憂國，思林棲，思歸田等，乃至真個辭官歸田，都是常見的詩的題目。仕君行道是儒家的思想，隱居和歸田都是道家的思想。儒道兩家的思想合成了從前的讀書人。

但是現在時勢變了，有些人讀這些詩，也許會覺得不真切。但是會讀詩的人，多讀詩的人能夠設身處地，替古人著想，依然覺得這些詩真切。這是情感的真切，不是知識的真切。這些人不但對於現在有情感，對於過去也有情感。

他們知道唐人的需要，唐人的得失，和現代人不一樣，可是在讀唐詩的時候，只讓那對於過去的情感領著走；這種無私，無我，無關心的同情教他們覺到這些詩的真切。這種無關心的情感需要慢慢調整自己，擴大自己，才能養成。多讀史，多讀詩，是一條修養的途徑。

至於詠古之作，這些題材的普遍性比前一類低些，不過還在「出處」那項目之上。還有，朝會詩，見出一番堂皇富麗的氣象；又，宮詞，往往見出一番怨情，宛轉可憐。可是這些現代生活裡簡直沒有。最彆扭的是邊塞和從軍之作，唐人很喜歡作這類詩，而憫苦寒譏黷武的居多數，跟現代人冒險尚武的精神恰恰相反。

但荒寒的邊塞自是一種新境界，從軍苦在當時也是一種真情的流露；若能節取，未嘗沒有是處。此外，唐人酬應的詩很多。有些人覺得作詩該等候感與，酬應的詩不會真切。

但佇與而作的人向來大概不多；作詩都在情感平靜了的時候，運思造句都得用到理智；佇與而作是無所為，酬應而作是有所為，在工力深厚的人其實無多差別。酬應的詩若能恰如分際，也就見得真切。況是這種詩裡也不短至情至性之作。總之，讀詩得除去偏見和成見，放大眼光，設身處地看去。

國家圖書館出版品預行編目(CIP)資料

唐詩三百首/(清)蘅塘退士編選
原版：一第一版．一新北市：
人人，2018.02 面;公分.一
(人人讀經典系列;15)
ISBN 978-986-461-132-4(精裝)
831.4 107000524

【人人讀經典系列15】

唐詩三百首

編選原版／清・蘅塘退士
封面題字／羅時僖
書系編輯／孫家琦
書籍裝幀／楊美智
發行人／周元白
出版者／人人出版股份有限公司
地址／231028新北市新店區寶橋路235巷6弄6號7樓
電話／(02)2918-3366(代表號) 傳真／(02)2914-0000
網址／www.jjp.com.tw
郵政劃撥帳號／16402311人人出版股份有限公司
製版印刷／長城製版印刷股份有限公司
電話／(02)2918-3366(代表號)
香港經銷商／一代匯集
電話／(852)2783-8102
第一版第一刷／2018年2月
第一版第四刷／2024年4月
定價／250元

人人粉絲頁　人人伽利略　最新活動/粉絲頁/官網